KB220612

—— 식물학자 유기억 교수가 들려주는 ——

노랫말 속 꽃 이야기

꽃 이름은
사랑의 말이다

—— 식물학자 유기억 교수가 들려주는 ——

노랫말 속 꽃 이야기

유기억 글과 사진

황소걸음
Slow & Steady

머리말

오케스트라가 들려주는 장엄한 화음, 피아노나 바이올린으로 연주하는 선율은 심금을 울린다. 하지만 우리는 아름다운 선율을 들을 때보다 노래 부를 때 기쁨이나 슬픔을 좀 더 극적으로 표현한다. 기쁨의 찬가를 부르며 한껏 들뜬 모습을 보면 누구라도 함께 손뼉 치며 따라 하고, 슬픈 노래를 듣거나 부를 때면 눈물을 흘리기도 한다. 곡조에 노랫말이 더해져 누구라도 쉽게 공감할 수 있기 때문일 것이다.

노랫말에는 의미와 상징성이 있어야 더 공감을 얻는다. 우리나라 노랫말에 가장 많이 나오는 단어는 '사랑'이겠지만, 가끔 꽃이나 나무가 등장하기도 한다. 어느 책에서 '꽃 이름은 사랑의 말이다'라는 문장을 만났다. 노랫말에 식물 이름이 등장하는 까닭을 발견한 것 같아 아주 기뻤다. 그 후 어떤 노래에 어떤 식물이 나올까 호기심이 생겼다. 덕분에 고향 집 오래된 책장에 꽂혀 있던 1970년대 《추억의 포크송》을 꺼내 들척

이기 시작했다. 가요 책을 사서 보고, 초·중·고등학교 음악 교과서에 나오는 노래 제목과 노랫말을 읽기도 했다. 내가 가진 성경책 뒤에 붙은 찬송가가 645곡이라는 것도 새로 알았다.

조사한 노래는 3044곡으로, 이를 분석해보니 노랫말에 식물 이름이 등장하는 노래는 290곡, 등장하는 식물은 136종이나 됐다. 등장하는 식물은 장미가 44곡으로 가장 많고, 진달래 19곡, 갈대·잔디 각 15곡, 버드나무 12곡, 개나리·동백나무 각 10곡, 백합 9곡, 민들레·아까시나무·찔레꽃 각 8곡, 라일락·소나무 각 7곡, 도라지·들국화·목련 각 6곡 등으로 나타났다.

한편 초등학교 교과서에 수록된 355곡에서 식물 이름이 나오는 노래는 62곡, 등장하는 식물은 76종이었다. 중학교는 199곡 가운데 36곡에 37종, 고등학교는 103곡 가운데 18곡에 23종, 찬송가는 645곡 가운데 14곡에 6종, 가요는 1742곡 가운데 192곡에 86종이었다. 가장 많이 등장하는 식물은 초등학교는 개나리와 콩이 4회, 중학교는 장미 4회, 고등학교는 도라지와 동백나무, 무궁화, 배나무, 아주까리, 장미가 2회, 찬송가는 백합과 장미(5회), 가요는 장미(34회), 갈대(14회), 잔디(12회), 버드나무와 진달래(10회) 등으로 나타났다.

지금까지 우리나라에서 만들어진 노래가 수천수만 곡이 될지도 모르지만, 우선 다양한 분야의 노래를 분석한 점에 의미를 두고 싶다. 이 책에서는 노랫말에 등장하는 식물 136종 가운데 2회 이상 나오는 69종을 대상으로 하되, 야자수와 레몬, 파파야같이 우리나라에 재배되지 않거나 '갈잎'처럼 추상적인 의미를 띠는 15종을 제외한 54종에 관해 설명했다. 1회 혹은 여러 차례 나와도 비슷한 종류가 있으면 주인공 식물에 포함했다. 등장 횟수가 많은 순서대로 배치했으며, 식물에 대해서는 필자의 경험과 느낌, 특징, 이름과 학명의 뜻, 비슷한 종류와 비교, 꽃말 등을 서술했다. 아울러 식물의 특징이 담긴 사진을 실었다. 원고에 등장하는 식물을 세어보니 200종이 넘는다. 노래 덕분에 곁들여 알게 되는 식물도 있다는 뜻이다.

노랫말을 살피다가 아는 곡이 나오면 흥얼거리고, 비슷한 노랫말을 계속 읽다 보니 나른한 오후에 깜빡 잠든 적도 있다. 그래도 책상 한구석에 쌓인 노래집을 보면 이야깃거리를 찾아내기 위해 열심히 노력한 시간이 뿌듯할 따름이다. 생뚱맞은 접근인지 모르지만, 우리 정서를 담은 노랫말을 통해 오랜 세월 우리와 애환을 함께한 식물을 좀 더 깊이 아는 것도 의미 있으리라. 이 책이 그런 역할을 하면 좋겠다.

2023년 여름
여림與林 유기억

차례

한국인이 가장 좋아하는 꽃
장미

1980년대 이후 '한국인이 가장 좋아하는 꽃' 부동의 1위는 장미
꽃이고, 다음으로 국화, 코스모스, 안개꽃, 백합 등의 순서라
고 한다. 이번에 조사·분석한 노래에도 장미가 44곡에 등장
해 다른 꽃에 비해 월등히 많았다. 장미는 가요뿐만 아니라 찬
송가, 중·고등학교 음악 교과서에도 여러 번 나온다.

장미 백과사전 《Botanica's Roses: The Encyclopedia of Roses》
는 장미의 역사, 품종 교배에 대한 계통도, 품종의 특징을 다루는데, 요즘 우리가 보는 장미는 오랫동안 여러 종을 복잡하게 교배한 잡종임을 알 수 있다. 장미를 재배한 시기는 기원전 2000년 이전으로 추정한다. 장미 교배가 본격적으로 시작된 것은 19세기 들어서이며, 현재까지 1만 5000여 품종이 만들어졌다고 한다.

장미는 주로 북반구의 온대와 아한대에서 자란다. 현재 장미 품종은 개화 시기, 높이, 꽃의 크기, 줄기의 형태에 따라 크게 다섯 가지로 나뉜다. 사계성四季性* 대륜 장미Hybrid Tea Rose, 사계성 중륜 장미Floribunda Rose, 극소륜 장미Miniature Rose, 덩굴성 장미Climbing Rose, 반덩굴성 장미Shrub Rose다. 품종 이름도 다양하다. 챔피언, 칵테일, 존에프케네디, 퀸엘리자베스, 화이트크리스마스 등 재미있는 이름도 있다.

노랫말에 나오는 장미는 여러 가지 비유로 쓰였다. '수요일엔 빨간 장미를' '그녀를 만나는 곳 100m 전' 'Happy birthday to you' '장미의 미소'에서는 연인을 만날 설렘으로 표현했고, '미소 속에 비친 그대' '백만 송이 장미' '비애' '한 사람을 위한 마음' 등은 헤어짐과 그리움 등 애절함으로 사용했다. 1970년대 유행한 '비둘기 집'은 "장미꽃 넝쿨 우거진 그런 집"을 화목한 가정으로 노래했다.

중 · 고등학교 음악 교과서에 나오는 '월계꽃(들장미)'은 독일

---

* 특정 계절에 관계없이 다른 조건이 유리하면 수시로 꽃이 피는 성질.

덩굴장미

의 대문호 괴테의 시에 베르너가 곡을 붙였다. 슈베르트와 슈
만, 멘델스존도 들에 핀 장미꽃의 아름다움과 향기를 표현한
같은 노랫말로 곡을 만들었다고 한다. 멕시코 민요 '모든 색깔'
에는 여러 색깔이 등장하는데, 빨강은 장미의 색이라고 했다.

　장미를 유난히 사랑한 독일 시인 라이너 마리아 릴케는 장
미 가시에 찔려 51세에 세상을 떠났다. 그는 장미에 관한 시
를 많이 썼고, 자신의 묘비에도 장미를 칭송하는 글을 남겼다.

　장미 하면 줄기에 붙은 가시가 함께 떠오른다. 가시는 줄기
에서 발생하는 열을 배출하고, 초식동물에게서 자신을 보호
한다. 가시는 기원에 따라 달리 부른다. 장미나 음나무처럼
줄기의 표피와 피층의 일부 세포층이 돌출 생장한 가시는 피
침皮針이라 한다. 이런 가시는 손으로 잡아당기면 쉽게 떨어진

다. 인문학적으로 꽃과 가시는 적대 관계를 만드는 요소처럼 표현하지만, 식물학적으로 보면 기능과 역할이 다르다.

　걸어서 출근할 때면 벽을 타고 올라간 덩굴장미가 있는 집을 지나가야 한다. 여름으로 접어드는 6월 중순에 활짝 핀 붉은 장미를 만나게 되는데, 그날은 발걸음이 가볍고 하는 일도 잘될 것 같다.

　장미의 학명은 *Rosa hybrida*를 쓴다. 속명 *Rosa*는 '장미'를 뜻하는 그리스어 rhodon과 '붉은색'을 의미하는 켈트어 rhodd에서 유래했으며, 종소명 *hybrida*는 '잡종'을 뜻한다. 노랫말에는 '장미' '장미꽃' '월계꽃(들장미)' '샤론의 장미' '넝쿨장미' '장미덩쿨' '장미화' 등으로 나온다. 꽃말은 꽃 색깔에 따라 붉은색은 '열렬한 사랑' '절정' '기쁨' '아름다움', 흰색은 '순결함' '청순함', 주황색은 '수줍음' '첫사랑의 고백', 분홍색은 '사랑의 맹세', 노란색은 '질투' '시기' '이별' '우정' '완벽한 성취', 파란색은 '기적' '천상의 사랑'이다.

고향과 봄의 상징
진달래

진달래 하면 곧바로 김소월의 〈진달래꽃〉이 떠오른다. 1922년 7월,《개벽》25호에 실렸다. 이 시는 시험에 늘 나왔기 때문에 통째로 외워서, 지금도 암송할 수 있다. 가수 마야가 부른 '진달래꽃'은 잔잔한 발라드로 부드럽게 시작해 중반 이후에는 강렬한 록 사운드로 분위기를 반전한다.

　우리나라 가곡에서 가장 인기 있는 곡으로 '봄이 오면'(1931년)이 꼽힌 통계를 봤다. 김동환의 시에 김동진이 곡을 붙였다. 겨울이 지나고 화창한 봄이 오면 진달래꽃이 피어 반갑고, 꽃을 보러 나들이 나온 짝사랑하는 여인에게 사랑하는 내 마음도 가져가라는 내용이다.

진달래는 한자어로 두견화杜鵑花라고 한다. 전설에 따르면 중국 촉나라의 망제가 나라가 망한 뒤 죽어서 두견새가 됐다. 두견새는 나라 잃은 슬픔으로 봄이면 피눈물을 흘리며 날아다녔는데, 그 눈물이 떨어진 곳에 진달래꽃이 피어 두견화라 불렀다고 한다.

진달래는 산과 들에 절로 나 자라는 식물 중에서 노랫말에 가장 많이 등장한다. 꽃이 잎보다 먼저 피고, 가지 끝에 큼지막한 홍자색 꽃이 몇 송이씩 달려 보기 좋을뿐더러 먹을 수도 있어 사랑받은 것 같다. 이용복의 '어린 시절' 노랫말처럼 "진달래 먹고 물장구치고 다람쥐 쫓던 어린 시절"이란 표현이 이를 잘 말해준다. '어린 시절'은 미국의 클린트 홈스Clint Holmes가 부른 'Playground in my mind'(1972년)를 번안한 곡이다. 원곡도 친구들이 만나 종일 웃고 놀고 노래하는 어렸을 때 이야기지만, 진달래나 다람쥐가 등장하지 않는다.

어린 시절 뒷산에 진달래꽃이 활짝 피면, 산으로 가 꽃줄기를 한 아름 꺾어 집으로 오면서 꽃을 먹곤 했다. 특이한 향이 나고 약간 새콤한 맛으로 기억하는데, 지금 먹어보면 그 맛이 아니다. 집에서는 진달래꽃을 요리에 쓰기도 했다. 찹쌀 반죽에 꽃잎을 얹어 화전花煎을 부치고, 화채에 꽃을 띄우기도 했으며, 술을 담그면 '두견주' '백일주'라 했다.

철쭉

진달래에 항상 따라다니는 것이 철쭉이다. 꽃 모양이 비슷해 헷갈리기 쉽다. 철쭉꽃은 꽃받침 부근에서 끈적거리는 물질이 나오는데, 독성이 있어 먹으면 안 된다. 철쭉은 원예종으로 개량돼 영산홍, 산철쭉, 흰철쭉, 황철쭉 등 여러 가지 이름으로 불리고, 화단이나 정원 등에 많이 심는다. 해주아리랑에서는 "뒷동산에 진달래 만발하고", 이미자의 '기러기 아빠'에는 "산에는 진달래 들엔 개나리"라 했으니 헷갈리지 말기를.

가요에서 진달래는 꽃이 곱게 피던 날, 진달래의 향기 등으로 표현해 어떤 행위를 위한 시점을 이야기하는 모티프로 쓰였다. 박길라의 '나무와 새', 남상규의 '고향의 강', 김용대의 '청춘의 꿈', 박재란의 '산 너머 남촌에는'이 그렇다. 동요 '파랑새의 봄'과 '새봄'에는 진달래꽃으로 봄을 노래한다.

산철쭉

진달래꽃이 피면 삭막하던 산이 화려해진다. 이때쯤이면 곳곳에서 축제도 열리는데, 축제에 다녀왔다면 묻고 싶다. 진달래축제에 갔다가 철쭉제를 보고 오진 않았는지, 철쭉제에 갔다가 산철쭉만 보고 오진 않았는지! 두 종류를 구별해야 하는 이유다.

진달래는 학명이 *Rhododendron mucronulatum*이다. 속명 *Rhododendron*은 '장미'를 뜻하는 그리스어 rhodon과 '나무'를 의미하는 dendron의 합성어로, '붉은 꽃이 피는 나무'다. 종소명 *mucronulatum*은 뻣뻣하고 곧게 뻗은 잎이나 꽃받침 등 끝부분 모양을 뜻한다. 노랫말에는 '진달래' '두견화' '연달래' 등으로 나오고, 꽃말은 '절제'다.

여자의 마음?
갈대

베르디가 작곡한 오페라 〈리골레토〉 3막에서 만토바 공작이 부르는 아리아 '여자의 마음La donna e mobile'을 한번쯤 들어봤을 것이다. 원곡을 번역하면 "여자란 변하기 쉬운 것, 바람에 날리는 깃털같이"라는 뜻인데, 중·고등학교 음악 교과서에는 여자의 마음을 갈대에 비유했다. 갈대가 바람에 흔들리는 모습이 시시각각으로 변하는 여자의 마음 같다는 것이다. 후렴구에 가면 '변합니다'라는 말이 세 번이나 반복된다.

갈대는 어떤 식물이기에 여자의 마음이라고 했을까? 인터넷으로 '갈대'를 검색하면 습지, 호수, 바다라는 단어와 함께 등장한다. 순천만이나 순천만국가정원과 같이 '습지 보호 구역'으로 지정된 곳에도 항상 갈대가 나온다. 갈대 군락이 있는 곳은 너무 많은 개체가 자라기 때문에 그 속으로 들어가면 갈대의 참모습을 보기 어렵지만, 한적한 바닷가에 몇 개체씩 자라는 곳에 가면 바람에 흔들리는 모습을 관찰하기 쉽다. 커다란 솜 같은 꽃 뭉치가 바닷바람에 못 이겨 한쪽으로 모여 있고, 키도 1m 이상 자라니 바람이 불면 꽃 뭉치가 이리저리 흔들린다. 일출이나 일몰 시각에 붉은 햇빛이라도 비치면 눈물이 왈칵 터질 정도로 슬프다.

갈대가 등장하는 가요는 윤수일의 '아파트'와 쿨의 '해석남녀'를 제외하면 대부분 슬프다. 한명숙은 '사랑의 송가'(1969년)에서 "바람결에 흔들리는 갈대와 같이 지금은 그대의 마음 변했나 영원토록 변치 말자던 임의 말이 지금은 이슬같이 사라졌네"라고 했다. 이후 발표된 '갈대의 순정' '소양강 처녀' '숨어 우는 바람 소리' 등 많은 곡에서도 갈대는 슬픔을 표현하는 대표 식물처럼 사용됐다.

갈대 이야기가 나오면 같이 설명해야 할 식물이 억새와 달뿌리풀이다. 세 식물은 모두 벼과Gramineae에 속하기 때문에 생김새가 비슷해 헷갈리는 사람이 많다. 하지만 억새는 억새속Miscanthus에, 갈대와 달뿌리풀은 갈대속Phragmites에 들어 전혀 다르다. 실제 모양은 갈대가 달뿌리풀과 더 가깝다. 줄기

억새

를 보면 어렵지 않게 구분할 수 있다. 달뿌리풀은 기는줄기
(포복경)가 발달하고 갈대는 땅속줄기(지하경)가 발달한다. 하
천 주변에서 모래밭이나 자갈밭 위로 스멀스멀 뻗어 나오는
줄기가 보인다면 백발백중 달뿌리풀이다. 달뿌리풀 줄기는 소
가 좋아하는 먹이 중 하나인데, 잎 가장자리가 얼마나 날카로
운지 툭하면 팔뚝에 상처가 났다. 장마철에 흙탕물이 내려간
뒤 맑은 물로 바뀌면 하천 가장자리에 둥둥 떠 있는 달뿌리풀
줄기 아래는 물고기의 피신처다. 어릴 적 그곳에 족대를 대고
피라미를 잡곤 했다.

억새는 꽃차례도 갈대 종류와 다르다. 은색이나 흰색 억새
꽃이 활짝 피면 잘 접힌 부채가 펴지듯 15~30cm 꽃줄기가 사
방으로 늘어진다. 고복수의 '짝사랑'에 나오는 으악새가 억새
라는 주장이 있다. 꽃이 활짝 핀 억새가 가을바람에 흔들리며

달뿌리풀

내는 소리를 "슬피 우는 으악새"라 표현했다는 설이다.

지금은 왜가리(왁새)가 우는 소리라는 게 정설이다. 2013년 '짝사랑'의 작곡가 손목인 탄생 100주년 기념으로 《손목인의 가요 인생》이라는 책이 발간됐다. 그 책에 손목인 선생이 작사가 박영호에게 으악새가 무슨 새냐고 물었더니, 박영호는 "고향 뒷산에 오르면 으악으악 하고 우는 새소리가 들려서 그냥 으악새로 했노라"고 대답했다는 대목이 나오기 때문이다.

갈대는 학명이 *Phragmites communis*다. 속명 *Phragmites*는 '울타리'를 의미하는 그리스어 phragma에서 유래해 '냇가에서 울타리처럼 자란다'는 뜻이고, 종소명 *communis*는 '통상적' '공통적'이라는 뜻이다. 노랫말에는 '갈대'로 나오고, 꽃말은 '신의 믿음' '지혜'다.

파릇파릇한
잔디

중학생 때 방학 숙제로 잔디 씨를 편지 봉투에 가득 담아 제출
한 기억이 있다. 밭이나 마을 주변에는 잔디가 자라는 곳이 흔
치 않아, 학교와 면사무소 같은 공공건물의 화단이나 산 양지
쪽에 들어앉은 묘 주변으로 가야 했다. 시골에서 묘는 공포와
두려움을 주는 장소였다. 마을에 어른이 돌아가시고 상여가 지
나가는 것을 보면 이후 며칠 동안 밤에 화장실 가기도 겁이 났
다. 그러니 혼자 묘 주변에 앉아 잔디 씨를 훑어내기는 상상도

못 했고, 숙제하려면 동네 친구들과 함께 가야 했다.

요즘은 야구장과 축구장도 잔디 구장이 인기다. 우리나라는 축구장 840여 곳 가운데 절반 정도를 잔디 구장으로 교체했고, 야구장도 점차 그 숫자를 늘려가고 있다고 한다. 2000년 가을, 시카고컵스가 홈구장으로 사용하는 리글리필드Wrigley field에 갔다. 메이저리그 경기장은 처음이라 기대에 부풀었다. 안으로 들어선 순간, 입이 떡 벌어졌다. 부챗살 모양 경기장 안쪽에 깔린 잔디 때문이다. 1914년 개장한 이곳은 미국에서 현재 사용하는 구장 가운데 두 번째로 오래됐다는데, 시설이나 관리도 잘되는 것 같았다.

지금까지 이야기한 잔디는 다소 차이가 있다. 결론부터 말하면 종류가 다르다. 방학 숙제를 위한 잔디는 우리나라에 야생하는 들잔디Zoysia japonica라는 종이고, 경기장에 사용하는 잔디는 블루그래스bluegrass라는 종류로 우리나라에서도 자라는 왕포아풀Poa pratensis을 지칭한다. 그러나 우리나라에 분포하는 포아풀속Poa 25종 가운데 왕포아풀을 제외하면 경기장에 사용하는 식물은 거의 없다. 대부분 외국에서 들여온 종류를 사용하기 때문이다. 따라서 두 종을 잔디라는 이름으로 동일하게 부르는 것은 잘못이다.

자료를 찾아보니 잔디는 동북아시아에서 주로 자라고 따뜻한 지역을 좋아하는 종류로 '한국잔디'라 부른다. 우리나라에는 잔디처럼 전국에 분포하는 종류부터 중부 이남에 자라는 금잔디와 왕잔디, 바닷가 모래땅에 주로 자라는 갯잔디 등 4종이 있다. '서양잔디'로 불리는 블루그래스는 서늘할 때 성장이 빠른 특징이 있고, 서양의 정원이나 공원 잔디밭, 골프장에 주로 심는다. 요즘은 우리나라에도 식재한 곳이 많다.

그렇다면 노랫말에 나오는 잔디는 어떤 의미일까? '흙에 살리라'에 나오는 푸른 잔디는 고향의 풍광, '날이 갈수록' '젊은 초원' '봄바람'에 나오는 잔디의 황금물결과 파릇파릇한 새싹은 시간이나 계절의 흐름, '그리운 건 너' '새끼손가락'의 잔디밭은 그리움과 약속의 장소 등 다양하다.

조지 존슨George Johnson이 쓴 시에 제임스 버터필드James Butterfield가 곡을 붙인 'When you and I were young, Maggie'(1866년)의 번안곡 '메기의 추억'에는 원곡에 없는 금잔디가 등장한다. 동요 '수건돌리기'에는 잔디밭에 옹기종기 앉아 놀던 기억이 담겼다. 잔디밭에서 재잘거리며 놀던 모습이 그립다. 겨울이면 집 뒤에 있는 묏등에 올라가 미끄럼을 타기도 했다. 어릴 때 추억이 그립다는 것은 나이가 들었다는 이야기라는데, 오늘따라 그때 친구들이 더 보고 싶다.

잔디는 학명이 *Zoysia japonica*다. 속명 *Zoysia*는 오스트리아 식물학자 카를 폰 조이스K. von Zoys의 이름에서 유래했으며, 종소명 *japonica*는 '일본에서 자란다'는 뜻이다. 노랫말에는 '잔디' '금잔디'로 나오고, 꽃말은 알려진 바 없다.

설렘과 그리움
버드나무

버드나무 종류가 노랫말에 자주 등장하는 까닭은 뭘까? 세어 보니 버드나무 12곡, 수양버들 3곡, 실버들 2곡, 능수버들까지 총 18곡이나 됐다. 이는 장미와 진달래 다음으로 많은 곡에 등장하는 것이다. 버드나무 종류는 습지식물로, 시골에 가면 샘물이 나오는 곳 주변에서 흔히 볼 수 있었다. 가요 '새색시 시집가네'의 노랫말에도 소꿉동무였던 새색시가 수양버들 춤추는 길에 꽃가마를 타고 간다고 표현했다.

버드나무 하면 친구들과 버들피리를 불던 기억이 가장 먼저 떠오른다. 입춘이 지나 땅이 풀리면 겨울잠에서 깨어난 나무는 일제히 물을 빨아들이는데, 그러다 보니 수분이 많아져 나무껍질에 해당하는 표피가 쉽게 분리된다. 잘라낸 가지 끝부분부터 껍질을 조금씩 비틀어 안쪽의 딱딱한 조직과 분리하면 버들피리가 된다. 굵은 가지로 만든 버들피리는 중후한 소리가, 가느다란 가지로 만든 버들피리는 높고 청아한 소리가 났다.

버드나무는 봄을 알리는 상징이다. 방송에서 봄소식을 전할 때, 계곡 얼음이 녹아 물 흐르는 소리를 화면에 담고, 그다음으로 흔히 버들강아지(버드나무 종류의 수꽃)를 보여준다. 수꽃은 손가락 마디만 한 타원형 꽃 축에 여러 개가 모여나는데, 얼핏 보면 털북숭이 같다. 뾰족하게 올라온 수술 끝에 붙은 노란 꽃밥은 봄이 왔음을 가장 먼저 알린다.

윤석중이 작사한 가요 '봄맞이'와 중학교 음악 교과서에 나오는 '봄' 노랫말에도 버들피리 소리가 들려오고, 언 시냇물이 다 녹아 풀리고, 잔디가 파랗게 돋아나며, 사람들은 산나물을 캐러 산으로 올라가고, 제비가 물 차고 날아드는 모습이 보이는 풍광으로 봄을 표현했다. 권오성이 작사한 '타령'에서도 아지랑이가 보이고, 봄버들이 눈을 떴으며, 강남 간 제비도 돌아와 봄이 되었으니 밭에 씨를 뿌리라고 한다. 모두 봄과 연관 있는 노랫말이다.

그런데 버드나무가 꼭 봄과 관련 있는 건 아니다. '타향살이' '이정표' '물레방아 도는 내력' '우리 마을' '초가삼간' 등에서는

버드나무 열매

고향에 대한 그리움이나 고향 풍경을 이야기한다. '낭랑 18세' '이름 모를 소녀' '번지 없는 주막' '무너진 사랑탑' 등에서는 떠난 임이 돌아올 날을 기다리는 간절함을 표현한다. '강촌에 살고 싶네'처럼 냇가에 늘어진 버드나무 아래 살고 싶다는 희망 섞인 노랫말이 있는가 하면, '나는 열일곱 살이에요'에서는 사랑의 설렘을 노래했다.

버드나무에 얽힌 이야기도 있다. 태조 왕건이 후백제를 공격하기 위해 전남 나주 지역을 지나가다가 옹달샘에서 물을 긷던 여인에게 냉수 한 대접을 청했다. 그 여인은 물그릇에 버들잎 한 장을 띄웠다. 왕건이 빨리 마시다가 체할까 싶어 취한 배려 깊은 행동이다. 이에 감동한 왕건은 여인을 부인으로 맞았고, 여인은 왕건에 이어 왕위에 오른 2대 임금 혜종을 낳는다. 버드나무가 인연이 된 왕건과 장화왕후 이야기다. 완사천이라 불리는 이 옹달샘은 현재 나주시 송월동에 있으며, 1986년 전남기념물로 지정됐다.

우리나라에서 자라는 버드나무 종류 45종은 대부분 4월에 꽃이 피고, 5월에 열매를 맺는다. 잘 익은 열매가 터지면 씨를 품은 하얀 솜털이 바람에 날려 사람들을 귀찮게 한다. 이제 노랫말에 담긴 버드나무의 다양한 의미를 알았으니 귀찮아하지 말고 그 내용을 되새겨보는 기회가 됐으면 좋겠다.

버드나무는 학명이 *Salix koreensis*다. 속명 *Salix*는 라틴 고명이며 '가깝다'는 뜻이 있는 켈트어 sal과 '물'을 의미하는 lis의 합성어로 '물가에서 흔히 자란다'는 뜻이다. 종소명 *koreensis*는 '한국에 있다'는 의미다. 노랫말에는 '봄버들' '버들피리' '버들잎' '버드나무' '능수버들' '수양버들' '실버들' 등 여러 가지로 등장하며, 꽃말은 '솔직한' '자유' '태평세월'이다.

봄의 전령
개나리

개나리꽃을 만나면 언제나 반갑다. 꽃망울이 올라오기 시작하면 봄 햇살에 기온이 오르듯 꽃송이가 하나둘 툭툭 터진다. 활처럼 휜 새 가지가 출렁이며 봄바람을 맞는다.

　동요 '봄나들이'는 노란 개나리꽃이 봄의 시작을 알리듯 경쾌한 리듬이어서, 아이들과 함께 율동하며 부르기 좋다. 개나리꽃을 입에 물고 아장아장 걸어가는 병아리가 떠오른다.

　개나리꽃을 예쁘게 만나려면 사람의 노력도 필요하다. 찻길을 내느라 생긴 절개지 사면이나 울타리 모양 경계 지역에는 개나리를 주로 심는다. 절개지에 있는 개체에 새로 나온 가지는 햇빛 방향으로 자라 늘어지는 경우가 많은데, 노란 꽃이 활짝 핀 군락이 장관이다.

서울이나 남쪽 지방에서는 개나리꽃보다 먼저 피는 영춘화迎春花가 인기다. 이름 뜻이 '봄을 맞이하는 꽃'인 이 식물은 얼핏 개나리꽃처럼 보이는데, 자세히 보면 꽃 구조가 다르다. 개나리는 깔때기처럼 생긴 꽃 끝부분이 네 개로 갈라지지만, 영춘화는 여섯 개로 갈라진다. 영춘화는 중국 북부 지방이 원산지로 주로 심어서 키우지만, 개나리는 우리나라 고유 식물이다.

개나리가 절로 나서 자라는 곳은 잘 알려지지 않았다. 처음 학회에 발표된 20세기 초에는 서울과 경기, 지리산 근처에서 채집된 표본이 있었는데, 주로 길가에 자라던 것이라 야생인지 재배됐는지 의견이 분분하다. 개나리는 쉽게 열매를 맺지 못한다. 대신 꺾꽂이나 휘묻이 같은 무성적인 방법으로 번식한다. 우리가 흔히 만나는 개나리는 이런 과정을 거쳐 생긴 것이 대부분이다.

노랫말에 등장하는 개나리는 봄과 임에 대한 설렘, 기다림을 표현한 경우가 많다. 가요 '개나리 처녀'와 '개나리 고개'에는 개나리꽃이 피는 봄부터 임을 기다리는 간절함이 엿보인다. 개나리 고개가 어디에 있는지 알 수 없으나, "모른 척할래도 안다고 싱글벙글"이란 노랫말을 보면 개나리가 무척 많이 자라는 곳이었을 것 같다.

미선나무

　동요에는 시적인 표현이 눈에 띈다. '봄바람 등을 타고'는 노란 바람이 불어와 개나리꽃을 물들이고, '봄이 오는 들판'은 봄 햇살이 속삭이면 노랑 아기 개나리꽃의 웃음소리가 피어난다며 꽃이 피는 모습을 묘사했다. '소낙비 친구'는 개나리 노란 꽃 뚝뚝 떨어지던 날 쏟아지던 소낙비가 친구를 만난 계기가 됐다는 내용이다.

　우리나라에서 자라는 개나리는 6종인데, 정원이나 길가에 널리 재배되는 당개나리와 의성개나리를 제외한 4종은 우리나라 고유종이다. 한편 개나리꽃과 모양이 비슷한 미선나무속 *Abeliophyllum* 1속 1종인 미선나무는 우리나라 특산 식물로 아주 귀하신 몸이다. 꽃이 흰색이나 분홍색이고 열매는 날개가 씨를 감싸는 시과翅果 형태여서 개나리와 다르다.

개나리는 학명이 *Forsythia koreana*다. 속명 *Forsythia*는 영국 원예가 윌리엄 포사이스William A. Forsyth의 이름에서 유래했으며, 종소명 *koreana*는 '한국에서 자란다'는 뜻이다. 노랫말에는 '개나리'로 나오고, 꽃말은 '희망'이다.

그리움에 지쳐 붉게 멍이 든
동백꽃

우리 학과 온실에는 동백나무가 한 그루 있다. 10년은 더 된 것 같은데, 해마다 12월 말이나 1월 초면 화려한 꽃을 피운다. 야생하는 종류가 아닌 겹꽃이지만 춥기로 손꼽히는 춘천에서 볼 수 있어 더 반갑다. 이 시기에 땅끝 마을이 있는 해남이나 남쪽 해안가에는 야생에서도 동백꽃이 피는데, 화려한 붉은빛이 보는 사람을 설레게 한다.

제주도 카멜리아힐과 충남 서천시 마량리 동백나무숲(천연기념물)은 동백나무 숲 중에서 가장 인상적이다. 서귀포시 안덕면에 자리한 카멜리아힐은 80개국에서 온 동백나무 500여 종 6000여 그루가 가을부터 봄까지 꽃 피우는 동양 최대 동백나무 전문 수목원이다. 제주도 자생식물 250종도 있다. 봄에는 벚나무와 철쭉, 여름에는 수국, 가을에는 핑크뮬리와 털머위, 향기 좋은 금목서, 겨울에는 동백나무 등 계절별로 볼거리가 많다.

카멜리아는 전 세계에서 동백나무를 공통으로 부르는 이름, 즉 학명을 구성하는 속명이다. 요즘 식당이나 호텔 이름을 외래어로 표기하는 곳이 많다. 카멜리아힐도 '동백나무 언덕'이라고 했으면 훨씬 좋았을 것 같다. 돌절구에 둥둥 떠다니던 흰색·분홍색·붉은색 동백꽃 송이가 눈에 아른거린다.

동백나무 80여 그루가 자라는 마량리 동백나무 숲은 바다와 바로 연결되어 해넘이 명소다. 일반적으로 동백나무는 7m 정도까지 자라지만, 마량리는 강한 바닷바람 때문에 2m 내외로 작고 줄기는 대부분 옆으로 퍼졌다. 이곳에는 약 500년 전 마량 바다를 지키던 장수가 바다에 꽃다발이 떠 있는 꿈을 꾸고 가보니 실제로 꽃이 있어 가져와 심어서 숲을 이뤘다는 이야기가 전해온다. 이후 물고기가 많이 잡혔고, 마을 주민들은 해마다 뱃사람의 평안을 위해 동백나무 숲 정상 근처에 있는 마량 당집에서 제사 지냈다고 한다.

꽃이 피었을 때 주차장에서 음수대를 지나 동백나무 숲 가운데로 난 길을 따라가면 영화의 한 장면처럼 장관이고, 숲 정상에 있는 동백정에 앉으면 서쪽으로 바다가 보여 모든 걱정과

생강나무 꽃

근심을 내려놓을 정도로 마음이 편안하다. 노래에서 동백나무
는 다양하게 쓰였는데, 붉게 피어나는 꽃잎처럼 아가씨가 예
쁘다고 표현한 '울릉도 트위스트'를 제외하면 '동백섬 그 사람'
'서귀포 사랑' '해조곡' '동백 아가씨' 등은 노랫말이 슬프다. 가
장 슬픈 노랫말은 이미자가 부르는 '동백 아가씨'다. 그리움에
지쳐 꽃잎이 붉은색으로 멍이 들 정도로 가신 임을 그리워하
는 처절한 마음이 담겼다.

　춘천의 대표적인 소설가 김유정의 작품에 동백꽃이 등장한
다. 그런데 소설 속 동백꽃은 지금까지 설명한 동백나무가 아
니라 생강나무에서 피는 노란 꽃을 말한다. 둘 다 열매로 기
름을 짜서 머릿기름으로 사용했는데, 춘천처럼 추운 곳에서는

동백나무가 겨울을 나지 못해 열매를 얻을 수 없으므로 비슷한 것을 찾다 보니 생강나무 열매가 선택된 것이다.

동백나무는 학명이 *Camellia japonica*다. 속명 *Camellia*는 필리핀 마닐라에 살면서 동아시아 식물을 연구한 17세기 체코 선교사 게오르크 요제프 카밀Georg Joseph Kamel의 이름에서 유래했으며, 종소명 *japonica*는 '일본에서 자란다'는 뜻이다. 노랫말에는 '동백' '동백꽃'으로 나온다. 꽃말은 '자랑' '겸손한 아름다움'인데, 꽃 색깔에 따라 여러 가지 의미가 있다.

이별의 아픔
백합

봄이 지나고 5~7월이 되면 우리 집 거실이 환해진다. 원예학과 교수님이 농장에서 재배하는 백합꽃을 한 다발씩 선물로 주시기 때문이다. 꽃 피는 시기가 달라서인지 받을 때마다 붉은색, 노란색, 흰색 등 빛깔이 다양하다. 모두 아름답고 향기도 좋지만, 굳이 가장 좋아하는 색을 들라면 깨끗하고 고상한 느낌이 드는 흰색이다. 흰색이 부활을 상징해서인지 성경이나 찬송가에도 백합이 여러 번 등장해, 이 꽃의 오랜 역사를 알

섬말나리

수 있다. 부활절에 교회 강단을 백합으로 장식하는 이유도 이것인 모양이다.

백합은 나리, 릴리 등으로 불리는데, 그 까닭이 있다. 백합은 백합과Liliaceae *Lilium* 속에 포함되고 국명은 나리속, 백합속, 릴리움속 등으로 다양하다. 나리와 백합은 이 속에 드는 모든 종류를 이르는 이름으로, 나리는 순우리말이고, 한자어로 백합百合이다. 간혹 백합을 흰 꽃이 피는 종류를 부르는 이름으로 잘못 아는 사람이 있는데, 땅속에 있는 흰색 비늘 조각 100개가 모인 인경鱗莖이라는 구조를 말한다. 이 조각 하나하나는 인편鱗片이라 하고, 심으면 뿌리가 내려 무성번식 용도로 쓰인다. 릴리는 백합의 영국 이름 lily를 그대로 부르는 것이다.

우리나라 산과 들에 절로 나서 자라는 백합속 식물은 13종

날개하늘나리

으로, 이름 끝에 모두 '나리'가 붙는다. 귀하신 몸으로 대접받는 종류도 있다. 섬말나리는 전 세계에서 오직 우리나라 울릉도에 있으며, 줄기에 잎이 돌려나고 붉은빛이 도는 황색 꽃이 매력적이다. 그런데 들쥐가 땅속 비늘줄기를 먹어 줄어드는 개체 수 때문에 보호받는 신세가 됐다. 날개하늘나리는 주로 높은 지역 숲속에서 자라고 줄기에 날개가 있으며, 황적색 바탕에 자주색 반점이 있는 커다란 꽃이 하늘을 향해 핀다. 솔나리는 솔잎처럼 가느다란 잎이 줄기에 다닥다닥 붙고, 짙은 홍자색 꽃이 핀다. 개체 수가 적고 꽃이 아름다워 사람들의 관심을 끌었고, 환경부가 법정 보호종으로 지정했다.

　노랫말에 등장하는 백합도 다양한 의미로 쓰였다. 박성규가 작사·작곡한 '애정이 꽃피던 시절'에서는 첫사랑의 시작을 활짝 핀 백합에 비유했는데, 지금은 헤어져 그 시절이 그립다는 내용이다. 이 곡은 방주연이 부모님의 반대로 첫사랑 박성규와 사랑을 이루지 못한 아쉬움을 노랫말로 쓰고 박성규가 곡을 붙여 '생각해보세요'(1974년)로 발표했다. 3년 뒤에는 박성규가 첫사랑을 잊지 못하는 마음을 담아 노랫말을 바꿔서 나훈아가 불렀다.

이은상이 작사하고 박태준이 작곡한 가곡 '동무 생각'은 친구를 떠나보낸 슬픔을 청라언덕에 피는 백합꽃과 함께 그리워하는 내용이다. 노랫말에서 백합은 꽃이 피는 모습을, 흰 나리꽃은 꽃향기를 위해 사용했다. 대구 청라언덕에는 이를 기념하는 노래비가 있다고 한다. 백합꽃은 원예종이든, 자생종이든 아름답게 보이는 것 같다. 7월 강원도 인제군 용늪마을 산자락에 줄지어 핀 참나리 군락이 눈에 선하다.

백합은 학명이 *Lilium longiflorum*이다. 속명 *Lilium*은 라틴어 혹은 옛 켈트어로 '흰색'을 뜻하는 li와 '꽃'을 의미하는 lium의 합성어로, 옛날 유럽에서 순백색 꽃이 피는 Madona Lily에서 유래했다고 한다. 종소명 *longiflorum*은 '긴 꽃이 핀다'는 뜻이다. 노랫말에는 '백합' '흰 백합' '흰 나리꽃' '릴리꽃' '백합화' 등으로 나오고, 꽃말은 '순결' '깨끗한 마음'이다.

민들레

노란 꽃이 피는 식물 중에서 가장 많은 개체는 단연 서양민들레다. 외국에서 들어와 이름 앞에 '서양'이 붙었으며, 외래 식물의 특성상 숲속으로 침입하진 못해도 자연성이 훼손된 곳이라면 여지없이 서양민들레를 만날 수 있다. 강원도 영월에 가침박달 자생지를 조사하러 갔다가 마을 국도 변에 노랗게 핀 서양민들레 군락을 만난 적도 있다.

　민들레는 우리나라에서 절로 나 자라는 종류로 알려졌는데,

서양민들레   흰민들레

최근에는 분포하지 않는다고 보고됐다. 실제로 2017년 출판된
《한국 식물지》에 보면 민들레속*Taraxacum*은 있어도 민들레라는
이름은 없다. 어쨌든 얼마 전까지 민들레가 우리나라 토종 식
물로 인정되어 많은 사람이 노랫말이나 관련 글에서 그대로 사
용했기에 이를 따르기로 한다.

 민들레와 서양민들레가 경쟁하면 어느 종이 승리할까? 외
래 식물 종류가 증가하고 세력도 강해져 분포 면적이 늘어남
에 따라 생태계에 문제가 된다는 이야기를 들어본 사람이라면
당연히 서양민들레가 이긴다고 할 것이다. 정답이다. 토종 민
들레는 경쟁에서 밀려나, 이제 산림 입구 양지바른 쪽에 간신
히 명맥을 유지하는 신세다. 꽃을 받치는 총포總苞가 민들레는
위를, 서양민들레는 뒤를 향한다. 민들레는 딴꽃정받이(타가수

정)를 하기에 곤충의 역할이 중요하지만, 서양민들레는 제꽃정받이(자가수정)을 하므로 번식력도 서양민들레가 훨씬 강하다.

민들레 종류는 씀바귀나 고들빼기처럼 식물체를 자르면 흰 즙액이 나온다. 뿌리에는 간 기능을 개선하는 콜린과 항암 작용이 뛰어난 실리마린이 들었고, 꽃에는 눈에 좋은 루테인이 풍부해 추출물을 건강 기능 식품으로 활용한다. 구하기 쉬운 서양민들레는 오염된 곳이나 도로 근처에서 자라 중금속이나 이물질 등이 포함될 우려 때문에 토종 민들레를 선호하는데, 개체 수가 적다. 요즘은 이런 문제를 해결하고 타사와 차별화하기 위해 흰민들레로 제품을 만드는 회사도 있으니, 이 또한 회사 간의 전쟁이다.

민들레 꽃송이에는 혀꽃 수백 개가 모여 달리므로 씨도 많이 맺는다. 각각 약 1cm 자루 끝에 우산 모양이다. 흰 털이 달려서 전체적으로 동그란데, 바람에 날리면 둥실둥실 낙하산이 떠가는 듯 보인다.

신봉승이 작사하고 진미령이 부른 '하얀 민들레'나 박미경의 '민들레 홀씨 되어' 노랫말에는 떠나면 돌아오지 못하는 슬픔을 두둥실 떠가는 씨앗에 비유했다. 조용필의 '일편단심 민들레야'는 민들레를 변하지 않는 마음으로, 배따라기의 '오늘은 그만 안녕'은 씨앗의 모양을 별들이 손잡고 밤하늘을 수놓은 것이라며 시적으로 표현했다. 고복수의 '봄노래'는 봄을 표현하는 꽃으로 그렸고, 시인과촌장의 '사랑일기'는 수없이 밟고 지나가는 길에서 자라는 민들레 잎사귀가 하찮아 보이지만 강인함을 칭찬했다. 민들레는 흔히 만날 수 있는 종류인데도 노랫말에서는 여러 가지로 표현했다.

학명은 민들레가 *Taraxacum platycarpum*, 서양민들레가 *Taraxacum officinale*다. 속명 *Taraxacum*은 '쓴맛이 난다'는 뜻이 있는 아랍어 tharakhchakon을 변형한 것이라 하고, 페르시아에서 자라는 쓴맛이 나는 풀 talkh chakok에서 유래한 중세 라틴 이름이라는 주장도 있다. 민들레의 종소명 *platycarpum*은 '열매가 크고 편평하다', 서양민들레의 종소명 *officinale*는 '약효가 있다'는 뜻이다. 노랫말에는 '민들레'로 나오고, 꽃말은 '감사와 사랑의 믿음'이다.

5월의 향기

아까시나무

진달래가 4월의 꽃이라면, 아까시나무는 5월의 꽃이다. 5월은 신록이 짙어가고 솟은 땅 너른 땅의 푸나무가 일제히 기지개를 켜고 풍성해지는 시기다.

초등학교 울타리 쪽에는 항상 아까시나무가 있었다. 학교 주변에는 개구멍이 몇 개 있었는데, 어느 날은 잘 다니던 길에 가시가 달린 어린 아까시나무를 심어 지나가지 못하게 울타리를 쳤다. 그래도 팔뚝이 긁히고 찔리다 보면 빈 곳을 슬쩍 밀어 다른 길을 내곤 했다. 이렇게 자리 잡은 나무가 수십 년이 지나 아름드리로 자랐고, 이제 아무리 힘을 줘도 꿈쩍하지 않는 버팀목이 됐다. 오래된 줄기는 껍질이 떨어지기도 하고, 가끔 비스듬히 자란 가지는 잘리기도 했다. 하지만 곁눈에서 새로 나온 가지가 계속 자라 지금의 나무 모양을 만들었다. 꽃이 피면 향기가 좋았고, 유난히 벌이 많이 오고 주변에는 여지없이 벌통이 있었다. 꽃이 주렁주렁 매달린 꽃줄기 하나를 따서 입에 넣고 씹으면 상쾌한 허브 향이 났다.

흔히 아카시아라고 부르는 종류는 우리나라에 없다. 주로 *Acacia* 속에 포함되는 분류군을 이렇게 부르는데, 꽃은 미모사나 자귀나무 꽃을 닮았다. 요즘은 몇몇 품종을 원예용이나 관상용으로 재배한다고 한다.

예부터 우리나라에서 식재한 것은 *Robinia* 속 아까시나무다. 학명에도 종소명에 '가짜 아카시아'라는 뜻이 있는 *pseudoacasia* 가 붙어 이를 뒷받침한다. 잘못 붙인 이름 때문에 헷갈린 것이다. 아까시나무는 미국이 원산지인데, 우리나라에는 1891년 일본인이 중국 베이징에서 가져와 인천에 심은 것이 처음이라고 한다. 콩과 식물이므로 뿌리는 질소고정 능력이 뛰어나고, 뿌리 마디에서도 새로운 줄기가 쉽게 나와 급속도로 퍼진다. 나중에는 큰 나무를 베거나 뿌리째 뽑기도 했는데, 요즘에는 다시 심는다니 아이러니하다.

누구나 한번쯤 불러봤을 동요 '과수원 길'은 아까시나무와 과수원 길을 통해 어렸을 때 본 시골의 아름다운 풍광을 묘사했

아까시나무 열매

다. 동구 밖에 있던 아까시나무 꽃이 활짝 핀 것을 보고 하얀 꽃잎은 눈송이로, 꽃 냄새는 실바람 타고 날아가고, 친구와 함께하는 즐거움을 생긋 웃는 모습으로 표현했다.

반야월이 작사한 '꽃마차'에도 아까시나무가 등장한다. 만주 지방 순회공연 중 하얼빈에 들렀을 때 고향을 떠나 만주에서 생활하는 동포들을 보고 느낀 점을 그려 광복 이후에도 인기를 끌었다. 한국전쟁 이후 반야월이 외국 지명을 모두 서울, 한강, 서울의 아가씨 등으로 바꿔 1953년 발표한 것이 지금의 노랫말이다. 원곡에는 "꽃마차가 아까시나무 숲속으로 달려간다"고 나와 1942년 당시 하얼빈에 아까시나무가 많았음을 짐작할 수 있다. 새로운 노랫말에는 하얼빈이 서울로 바뀌었으니 서울에도 아까시나무 숲이 있다는 말이 되는데, 한국전쟁이 끝난 1953년 서울의 모습인지 잘 모르겠다.

정진성이 작사·작곡하고 김만수가 노래한 '진아의 꿈'에는 아까시나무 잎을 물고 무지개를 바라보던 떠난 임의 모습을 표현했다. 고향에 대한 그리움을 노래하는 동요 '고향 땅'에는 아까시나무 흰 꽃과 뻐꾹새가 나와 특정한 시기를 설명했다. 김옥순이 작사한 '아침의 노래'는 숲속에서 일어나는 아침의 모습을 표현하면서 아까시나무 꽃향기를 모아 맑고 고운 소리를 함께 부르자고 했다.

아까시나무는 학명이 *Robinia pseudoacasia*다. 속명 *Robinia*는 앙리 4세 시대 파리의 원예학자 장 로뱅Jean Robin이 1600년에 미국에서 들여오고, 그의 아들 베스파지앙 로뱅Vespasian Robin이 유럽에 퍼뜨린 것을 기념하기 위해 붙였다. 종소명 *pseudoacasia*는 '가짜 아카시아'라는 뜻이다. 노랫말에서 아까시나무는 꽃 색깔과 향기, 잎, 숲 등 다양한 표현으로 쓰였다. 그만큼 우리가 아까시나무를 좋아한다는 이야기도 된다. 노랫말에는 모두 '아카시아'로 나오며, 꽃말은 '품위'다.

붉은 꽃이 있을까, 없을까?

찔레꽃

찔레꽃은 어디서나 쉽게 만나는 떨기나무다. 비록 가시가 험상
궂어도 꽃이면 꽃, 열매면 열매 모두 볼만하다. 장미과Rosaceae
에 속해 사과나무나 배나무처럼 꽤 큰 꽃이 달리고 향기도 좋
다. 낙엽이 지고 가지 끝에 매달린 붉은 열매는 새의 먹이가
되고, 꽃꽂이 재료로도 인기다.

　어릴 때 시골에서는 겨울철 꿩이나 참새를 잡을 때 찔레꽃
열매를 이용했다. 열매를 살짝 파내고 그 안에 '싸이나'라 부르

찔레 열매

던 청산가리를 넣어 준비한다. 하얗게 눈 내린 논바닥 한가운
데 가마니를 깔고 청산가리를 넣은 찔레꽃 열매와 벼 이삭, 옥
수수 알 몇 개를 놓으면 새들이 모였다. 추수한 다음 이삭까지
모조리 줍던 때라 겨울철 주린 새를 유혹하기란 어렵지 않았다.

　찔레꽃이 등장하는 가요는 대부분 고향에 대한 그리움, 그곳
에서 경험한 사랑과 이별을 이야기한다. 제목도 '고향은 내 사
랑' '고향초' 등이다. 아예 제목이 '찔레꽃'인 곡도 있다. 백난아
가 부른 '찔레꽃'(1942년)은 일제강점기와 한국전쟁 때 고향을
등지거나 사랑하는 이와 이별한 무수한 대중의 마음을 위로했
다. 이원수의 동시 '찔레꽃'을 이연실이 개사하고 박태준이 곡
을 붙인 '찔레꽃'(1972년)은 일 나간 엄마를 기다리며 하얀 찔
레꽃으로 배고픔을 달래는 아이의 애달픔을 노래해 시대상을

짐작게 한다. 하얗고 순박하고 슬픈 꽃이라는 장사익의 '찔레꽃'(1995년) 노랫말에서는 외세에 시달리는 백의민족 혹은 지배층에 시달리는 민중의 애환이 떠오른다.

백난아가 부른 '찔레꽃'에 "찔레꽃 붉게 피는"이라는 노랫말 때문에 붉은 찔레꽃이 있네, 없네 말이 많다. 이연실과 장사익이 부른 곡에는 "하얀 찔레꽃" "하얀 꽃 찔레꽃"이란 노랫말이 있다. 식물도감에도 찔레꽃은 흰색이나 연분홍색으로 나온다. 필자가 지금까지 야외에서 만난 찔레꽃도 거의 흰색이고, 가끔 같은 개체에 연분홍색을 띠는 꽃을 본 것이 전부다.

백난아가 부른 '찔레꽃'이 붉은 꽃이 피는 해당화라는 주장도 있다. "남쪽 나라 내 고향"이라는 노랫말과 가시 달린 꽃을 통칭하는 우리말이 찔레꽃이라는 거다. 찔레꽃이나 해당화가 같은 장미과에 속하기도 해서 아주 일리 없는 주장은 아니지만, 원곡 3절에 "연분홍 봄바람이 돌아드는 북간도 아름다운 찔레꽃이 피었습니다"라는 노랫말이 나온다. 작사가 김영일이 찔레꽃을 모를 리 없을 테고, 북간도에 해당화가 피었을 리도 만무하다. 필자 생각으로는 색깔을 표현하는 우리말이 워낙 모호하고 스펙트럼이 넓은 만큼 작사가가 연분홍을 붉다고 표현하지 않았나 싶다.

동요 '봄아 어디까지 왔니'에는 양지쪽에서 막 피어나기 시작하는 잎을 "눈 뜨는 찔레 잎"으로 표현해 파랗게 올라오는 보리와 더불어 봄이 점점 다가온다는 것을 이야기한다. 잎과 꽃자루에 분비샘이 있는 털이 난 것은 털찔레, 잎과 꽃이 작은 것은 좀찔레라 해서 변종으로 취급한다.

찔레꽃 어린순은 간식으로 먹었다. 가지에서 새로 올라와 부드럽고, 가시가 잘 떨어지며, 껍질도 잘 벗겨진다. 입에 넣고 씹으면 봄 샘물이 한가득 고였다. 봄이 오면 찔레꽃 순을 먹어보기 바란다.

찔레꽃은 학명이 *Rosa multiflora*다. 속명 *Rosa*는 '장미'를 뜻하는 그리스어 rhodon과 '붉은색'을 의미하는 켈트어 rhodd에서 유래했으며, 종소명 *multiflora*는 '꽃이 많다'는 뜻이다. 노랫말에는 '찔레꽃' '찔레 잎'으로 나오고, 꽃말은 '자매의 우정' '온화' '고독'이다.

매혹적인 향기와 첫사랑의 쓴맛
라일락

꽃향기가 좋은 라일락은 노랫말에 여러 차례 등장한다. 우리나라에 절로 나 자라는 나무가 아닌데, 대중가요는 물론 초등학교와 중학교 음악 교과서에도 나온다. 어떤 기사를 보니 라일락은 개항 이후 중국에서 인천을 통해 들어온 것으로 추정된다는데, 그 나무조차 죽었으니 역사를 증언할 나무가 사라진 셈이다.

조사한 노래를 통해 보면 라일락은 '베사메 무초'(1948년)에 가장 먼저 나온다. 이 곡은 우리나라 번안 가요 1호로 현인(본명 현동주)이 노랫말을 쓰고 불렀는데, 원곡과 노랫말이 다르다. 원곡에 없는 "리라꽃(라일락을 뜻하는 프랑스어)이 지던 밤, 꽃향기, 귀여운 아가씨"가 나온다. 박자가 조금 빠르지만 슬픈 곡이다. 원곡은 멕시코의 피아니스트 겸 작곡가 콘수엘로 벨라스케스Consuelo Velàzquez가 열여섯 살 되던 1940년에 만들었다. 제목은 'Kiss me much'라는 뜻으로, 사랑하는 사람과 이별을 앞두고 안타까움과 두려움을 표현하는 내용이다.

유승엽이 작사 · 작곡하고 김영애가 부른 '라일락꽃'은 봄에 라일락 꽃이 피고 지는 모습을 사랑하는 사람과 보낸 행복한 시간과 추억으로 표현한다. 이영훈이 작사 · 작곡하고 이문세가 부른 '가로수 그늘 아래 서면'은 라일락 꽃향기를 맡으면 (헤어진) 사랑하는 사람과 잊을 수 없는 기억이 나 슬프다고 했다.

친구들과 추억에 얽힌 노랫말도 있다. 중학교 음악 교과서에 나오는 카리브해 지역 민요 '흐르는 시냇물'에는 예전에 함께 뛰어놀던 친구를 회상하는 풍경 가운데 하나로 뒤뜰에 있던 라일락에서 풍기는 은은한 꽃향기를 들었다. 피지 원주민이 작별할 때 부르는 민요 'Isa Lei'는 윤형주가 번안해 '우리들의 이야기'로 발표했는데, 학창 시절 친구와 우정을 이야기한다. 초등학교와 중학교 음악 교과서에 나오는 '도레미 노래'는 '라'로 시작하는 단어가 별로 없어 보통 '라디오의 라'라고 하는데, '예쁜 라일락'과 '라일락의 라'라고 하는 노래도 있다.

라일락이 외국에서 들어온 종이라면, 우리나라 식물 중 라일락의 사촌뻘 되는 종도 있다. 수수꽃다리속Syringa에 드는 수

수수꽃다리

수꽃다리, 개회나무, 털개회나무, 꽃개회나무 같은 종류로, 꽃
향기가 얼마나 진하고 멀리 가는지 백리향이나 천리향 못지않
다. 이 종류는 요즘 주목받는 미스김라일락과 관련 있다. 1947
년 미 군정청 소속 식물채집가 엘윈 미더Elwin M. Meader가 북한
산국립공원에서 수집한 수수꽃다리속 식물의 종자를 미국으
로 가져가 원예종으로 개량한 것이다. 품종 이름은 당시 한국
에서 식물 자료 정리를 도와준 사무실 여직원의 성을 따서 '미
스김라일락'이라 붙였다고 한다. 이렇게 만든 미스김라일락은
1970년대부터 우리나라가 로열티를 지불하면서 역수입해 아
파트나 도로변 등에 심기 시작했는데, 지금 생각해도 마음이

미스김라일락

아프다. 우리나라에 절로 나서 자라는 식물에 대한 주권 확보가 시급한 이유다.

라일락 잎을 씹으면 쓴맛이 아주 강하다. 고들빼기나 씀바귀는 비교가 안 될 정도다. 그래서 이를 첫사랑의 쓴맛이라고 하는 이도 있다. 이 쓴맛 성분은 피부염 치료에 이용하고, 여름철 이질에도 효과가 있는 것으로 알려졌다.

아침에 출근하면 다른 차가 있지 않은 한, 항상 같은 공간에 차를 세운다. 주차장 정면에 라일락 한 그루가 있기 때문인데, 꽃이 피는 봄에는 시동을 끄고 잠시 향기를 맡곤 한다. 그런 날은 일도 더 잘되는 것 같다.

라일락은 학명이 *Syringa vulgaris*다. 속명 *Syringa*는 '고광나무속Philadelphus 식물의 잔가지로 만든 피리'를 일컫는 그리스어 syrinx에서 유래했으며, 종소명 *vulgaris*는 '보통의' '일반적인'이라는 뜻이다. 노랫말에는 '라일락' '라일락꽃' '리라꽃'으로 나온다. 꽃말은 '첫사랑의 감동' '우애', 흰색 꽃은 '아름다운 인연'이다.

우리 역사를 닮은
소나무

소나무를 모르는 사람은 없다. 시골이든 도시든 우리나라 어
느 곳에서나 만날 수 있고, 노래에도 자주 등장하기 때문이다.
애국가에도 나온다. 애국가 작사자에 대해서는 논란이 많다.
방송 매체나 인터넷에서 다양한 의견이 있고,《애국가 작사자
의 비밀》《애국가 작사자 연구》《애국가 논쟁의 기록과 진실》
같은 책도 출간됐다. 이에 대한 결론은 역사학자에게 맡기고
소나무 이야기로 돌아가자.

소나무 수꽃   소나무 암꽃

　애국가 2절에 나오는 남산 위의 소나무는 비바람에도 흔들리
지 않는 굳건한 모습을 표현했다. 여기에서 남산은 남쪽에 있
는 산 전체를 뜻하는 것으로 보인다. 남산제비꽃의 남산처럼
말이다. 우리나라 숲에 대해 강의할 때 '소나무는 해발 600m
이하를 책임지는 주인공'이라고 설명하곤 한다. 800m 이상은
넓은잎나무인 신갈나무가 우점하고, 중간층인 600~800m는
경쟁하는 곳이다. 산 전체가 한눈에 보이는 곳에 서면 각각의
층이 뚜렷하게 구분되는데, 단풍이 들 때나 낙엽이 진 뒤에는
더 확실하다.

소나무 종류는 잎이 몇 개씩 모여나는지에 따라 나뉜다. 두 개씩 모여나는 2엽송에는 소나무, 반송, 금강소나무, 방크스소나무, 구주소나무, 곰솔 등이 있다. 잎이 세 개씩 모여나는 3엽송에는 리기다소나무, 테에다소나무, 백송이 있다. 잎이 다섯 개씩 모여나는 5엽송에는 잣나무, 섬잣나무, 스트로브잣나무, 눈잣나무 같은 잣나무 종류가 모두 포함된다. 소나무 종류의 바늘잎은 늘 푸른 듯 보이지만 수명이 있다. 대부분 줄기에 어긋나기 때문에 항상 붙어 있는 것처럼 보일 뿐, 새로 생긴 잎은 대부분 2~3년 뒤에 떨어진다.

우리나라에는 천연기념물로 지정된 소나무가 10주 있다. 보은 속리 정이품송이 가장 유명하다. 1464년 세조가 법주사로 행차할 때 타고 있던 가마가 이 소나무 아래를 지나게 됐다. 가지가 처져서 "연輦이 걸린다"고 말하자, 소나무가 가지를 들어 무사히 지나가도록 했다. 이에 세조가 소나무에 정이품 벼슬을 하사해서 정이품송이라고 부른다.

우리 가요에 나오는 소나무의 의미는 그리 밝지 않다. 한국형 포크송을 널리 알린 정태춘이 작사·작곡한 '애고, 도솔천아'(1985년)에는 그의 고향 평택의 지명이 많이 등장한다. 개발로 없어질지도 모르는 정든 땅에 대한 아쉬움을 표현했다. 소나무의 상징성이 가장 두드러진 곡은 김민기가 만든 '거치른 들판에 푸르른 솔잎처럼'이 아닌가 한다. 특히 1절과 2절 내용은 모두 시련과 역경, 슬프지만 슬기롭게 극복하고 항상 푸른 날로 가자는 약속의 표현이다. 이 곡은 1978년 양희은 7집에

수록됐는데, 처음 발표한 제목은 '상록수'(1978년)다. 군부독재 시대에 민중가요 성격을 띠면 금지곡으로 지정되기 일쑤였기에 된서리를 맞았고, 1987년 6·10민주항쟁 이후에야 빛을 봤다. 가만히 들어보면 지난날의 역사를 이야기하는 것 같다.

동요에 나오는 소나무는 의미가 좀 다르다. 김녹촌이 작사한 '산새 발자국'은 눈길에 있는 가느다란 새 발자국을 솔잎으로 비유했다. 영화 〈사운드 오브 뮤직〉에 나오는 '도레미 송'을 번역한 노랫말에는 계이름 '솔'을 향긋한 솔잎이나 작은 솔방울로 표현했는데, 사물의 모양이나 가장 먼저 연상되는 단어로 잎과 열매를 사용해 아주 자연스럽다.

소나무는 친구 같은 존재다. 만나기도 쉽고 늘 푸르다. 그러나 노랫말에 나타난 소나무에는 많은 슬픔과 기쁨의 내용이 있다. 우리 삶에 깊숙이 자리 잡은 값진 나무다.

소나무는 학명이 *Pinus densiflora*다. 속명 *Pinus*는 '산'을 뜻하는 켈트어 pin에서 유래했다고 하며, 종소명 *densiflora*는 '꽃이 조밀하게 달린다'는 뜻으로 다닥다닥 붙은 꽃의 특징을 표현한 듯하다. 노랫말에는 '소나무' '솔잎' '솔방울'로 나오고, 꽃말은 '불로장수'다.

위스키와 무슨 상관?
도라지

도라지가 노랫말에 등장한 것은 의외였다. 장미나 백합처럼 남녀노소 누구나 들으면 떠오르는 아름다운 꽃이 많은데, 하필 도라지가 주인공이 됐는지 궁금하기도 했다. 자료를 찾아보니 시기는 1950년대로 거슬러 올라간다. 당시 아프리카풍의 쿠바 민속 춤곡인 룸바에 미국의 재즈 요소가 가미된 맘보가 전 세계를 떠들썩하게 했는데, 한국전쟁 이후 우리나라에서도 유행하기 시작했다.

이에 발맞춰 '아리랑 맘보' '도라지 맘보'(1955년) 같은 곡이 발표됐다. '도라지 맘보'는 '길경타령'이라고도 부르는 경기 민요 '도라지타령' 노랫말이 일부 포함돼 한참 인기를 끌었다. 최백호가 부른 '낭만에 대하여'(1995년)에는 도라지위스키가 나온다. 우리나라 사람들이 위스키를 마신 것은 해방과 한국전쟁 이후 미군의 보급품이 시장에 흘러들면서다. 이 맛을 흉내낸 짝퉁 위스키가 나와 사회적으로 문제가 생기고, 이 문제를 해결하고자 일본에서 수입한 도리스위스키마저 상표 저작권에 걸린다. 도리스위스키를 만든 곳이 부산에 있는 양조장이기 때문이다. 저작권 문제에서 벗어나기 위해 붙인 이름이 도라지위스키인데, 이 술은 도라지와 상관없고 위스키 원액도 들어가지 않는다. 도라지가 자칫 위스키 재료가 될 뻔한 이야기다.

진짜 도라지 이야기를 해보자. 노랫말이나 식물도감에는 도라지가 심심산천이나 산과 들에 흔히 자란다고 나온다. 7~8월에 지름 4~5cm나 되는 꽃이 피니 금방 눈에 띌 듯한데, 그렇지 않다. 도라지를 캐러 산으로 간다면 그 지역을 잘 아는 사람이라도 바구니가 넘치도록 많은 개체를 찾지는 못할 것이다. 군락은 아예 없고, 어쩌다 한두 개체씩 함께 자라기 때문이다. 백도라지는 더 그렇다. 숲 해설가 같은 전문가를 대상으로 강의할 때 "산속에서 백도라지를 본 사람이 있습니까?"라고 물으면 잠시 주춤하다가 이내 고개를 흔든다. 초롱꽃과 Campanulaceae를 전공한 필자도 야생에서 백도라지를 만난 적은 한 번도 없다.

백도라지

도라지 재배지로 가면 상황이 다르다. 어지간한 시골집 밭에는 도라지가 있다. 씨를 뿌리면 발아율이 높고, 특별한 관리가 필요하지 않으며, 어린잎과 줄기는 식용하고, 뿌리에는 사포닌과 이눌린이 많아 기관지나 폐 질환에 효과가 있기 때문이다. 꽃이 피면 밭 전체가 보라색으로 물들고, 이따금 야생에서 보지 못하던 흰 꽃이 눈에 띈다. 백도라지다! '가물에 콩 나듯'이라는 속담처럼 드문드문해 멀리서 보면 보라색과 흰색이 조화를 이룬 수채화 같다. 이렇게 보라색과 흰색 꽃이 피는 개체가 함께 자라도 분홍색이나 연보라색처럼 중간 형태 꽃이 피지 않는다는 점이 지조를 상징하는 듯하다.

10여 년 전, 영국의 큐왕립식물원에서 전 세계 초롱꽃과 식물 이름을 담은 책을 봤다. 표지를 도라지가 장식했다. 84속 2300여 종인 초롱꽃과에서 도라지가 대표 식물로 선정돼 반가웠다. 이제 노랫말에 도라지가 나와도 낯설지 않을 것 같다.

　도라지 학명은 *Platycodon grandiflorum*이다. 속명 *Platycodon*은 '넓다'를 뜻하는 그리스어 platys와 '종'을 의미하는 codon의 합성어로, 깔때기처럼 생긴 꽃 모양에서 유래했다. 종소명 *grandiflorum*은 '꽃이 크다'는 뜻이다. 노랫말에는 '도라지' '백도라지'로 나오고, 꽃말은 '변함없는 사랑과 성실'이다.

가을 국화를 총칭하는
들국화

산국

들국화 이야기를 하려니 앞이 캄캄하다. 들국화란 식물이 없기 때문이다. 이름대로 풀어 쓰면 들에 피는 국화 무리를 말하는 듯한데, 사전에는 산국이 같은 말이라고 나온다. 쑥부쟁이나 개미취, 구절초 종류 등을 들국화라고 부르는 사람도 있다. 들국화가 산국 종류라면 구절초 종류와 함께 국화속Chrysanthemum 에 들고, 쑥부쟁이나 개미취 종류라면 참취속Aster에 든다. 이들은 모두 국화과Compositae에 속하지만, 큰 무리로 나눴을 때 소

감국

속이 다르니 여기서는 들국화를 재배하는 국화가 포함된 국화속屬에 들고, 들에서 절로 나는 종류이기에 사전의 견해에 따라 산국 종류라고 하겠다.

　우리나라에 자라는 국화속 식물은 8종이다. 흔히 쌈이나 매운탕에 사용하는 쑥갓이 포함되고, 대부분 특정 지역에서 주로 자라는 것으로 알려졌다. 숲 가장자리나 길가에서 보이는 산국 종류에는 산국과 감국이 있다. 산국은 혀꽃과 통꽃이 어우러진 꽃이 지름 약 1.5cm에 산형꽃차례로 달린다. 꽃을 받치는 총포는 구형球形으로 너비 8mm 정도다. 감국은 꽃 지름이 약 2.5cm로 크고, 산방꽃차례로 달린다. 총포는 아구형亞球形으로 너비 9~14mm다. 산국은 우리나라 전역에 있지만, 감국은 평남 이남 지역에 자란다.

노랫말에 들국화가 여러 차례 등장하는 까닭은 가꾸지 않아도 어디서나 스스로 잘 자라기 때문이리라. 들국화라는 그룹 이름에도 이런 의미가 조금은 담기지 않았을까? 노랫말에는 슬픈 내용이 많다. 현철이 부른 '들국화 여인'은 사랑하는 사람이 마음을 몰라줘 애잔한 여인의 모습을 외진 길가 모퉁이에서 바람에 흔들리는 들국화로 표현했다. 고복수가 부른 '짝사랑'(1936년)에도 들에서 혼자 떨고 있는 임자 없는 꽃으로 들국화를 사용했다. 송민도가 부른 '여옥의 노래'(1956년)에는 떠난 임을 그리워하는 마음이 들국화 송이송이 들었다고 표현했다. 슬픔의 절정은 박광현이 만들고 부른 '한 송이 저 들국화처럼'(1989년)이다. 떠난 아버지와 아름다운 추억이 영원히 남기를 들국화에 비유해 홀로 핀 꽃과 화려한 향기로 그렸다. 현인이 노래한 '전우야 잘 자라'는 한국전쟁 당시 전우가 전사한 슬픔을 담아낸 곡으로, 들국화는 1950년 10월 서울 수복을 반기는 상징으로 쓰였다.

　국화속에 드는 들국화는 막연하지만 모두 가을에 꽃이 피고, 꽃이 노란색이나 보라색이라는 공통점이 있다. 그래서인지 구절초 종류는 길가에 심고, 꽃을 차로 이용하는 산국과 감국은 재배하기도 한다. 꽃이 아름답고 향기가 좋으며, 우려내면 색깔도 예쁘기 때문이다.

　산에서 산국을 만나면 잎과 꽃을 만진 손을 코에 대본다. 향긋한 국화 향기와 높은 가을 하늘, 시원한 산들바람이 피곤한 몸과 마음을 씻어준다. 그 꽃을 집 안에 꽂으면 은은한 향기 덕분에 머리가 맑아진다. 어느 겨울 학교 기숙사 근처 양지바른 곳에 핀 산국 군락이 유난히 오래 추위를 견뎠는데, 눈이 내린 뒤에 더욱 아름다웠다. 줄기와 가지에 쌓인 눈 사이로 뾰족하게 내민 노란 꽃이 '안녕' 인사하며 반겨주는 듯했다.

산국은 학명이 *Chrysanthemum boreale*다. 속명 *Chrysanthemum*은 고대 그리스어 chrysanthemon에서 유래했는데, '황금색'을 뜻하는 chrysos와 '꽃'을 의미하는 anthemon의 합성어로 '노란 꽃'을 표현한다. 종소명 *boreale*는 '북방'을 뜻한다. 노랫말에는 '들국화'로 나오며, 꽃말은 '상쾌함'이다.

함박 웃는 꽃
목련

모든 생물은 이름이 있다. 저마다 주변의 비슷한 종류와 구별되는 특징이 있기에 붙은 이름이다. 따라서 비슷하다고 이들을 모두 같은 이름으로 불러선 안 된다.

봄이면 피는 다양한 꽃 가운데 목련이 가장 눈에 띈다. 잎이 나기 전에 흰 꽃이 피고, 크기도 지름 10cm 정도 되니 당연하다. 우리가 흔히 말하는 목련은 이 종류를 대표하는 이름이고, 화단이나 민가 근처에서 흔히 보는 나무는 백목련이다. 그게

뭐 그리 대단하냐고 말할 수도 있겠지만, 각 식물은 이름이 하나뿐이기에 정확히 불러야 한다. 우리나라에서 절로 나 자라는 목련을 보려면 제주도로 가야 한다. 다른 지방에 있는 목련은 대부분 원예종이나 개량종으로 자목련, 별목련 등 이름도 예쁘고 자세히 보면 꽃 모양이 제각각이다. 이름을 제대로 불러줘야 하는 이유다.

　제목에 목련이 들어가는 노래가 여러 곡 있다. 목련꽃이 피어나는 과정과 아름다움을 삶과 연결한 가곡 '목련화', 타향살이의 슬픔을 노래한 배호의 '목련화', 양희은이 작사하고 부른 '하얀 목련'(1983년) 등이다. 양희은은 '하얀 목련'을 발표한 당시 암으로 투병했는데, 어느 날 친구에게 편지 한 통을 받았다. 양희은과 같은 병으로 세상을 떠난 다른 친구의 장례식장에 다녀오다가 공원에서 목련꽃이 떨어지는 모습을 보고 허무한 인생 같다고 했다는 내용이었다. 양희은은 자신의 힘든 상황을 이야기하는 듯한 편지를 보고 노랫말을 썼다. "다시 생각나는 사람, 혼자서 걷는 외로운 나, 아픈 가슴 빈자리에 하얀 목련이 진다" 등 본인의 아픈 마음과 삶의 마지막을 생각하게 하는 슬픈 내용이다. 다행히 지금은 건강을 회복해 방송에 출연하고 신곡을 발표하는 등 활발히 활동하고 있어 팬으로서 반가울 따름이다.

박목월의 시에 곡을 붙인 '목련꽃 그늘 아래서'에는 꿈의 계절 4월을 예찬하는 데 목련꽃 그늘을 사용했고, 김광석의 '그녀가 처음 울던 날'이나 방미의 '계절이 두 번 바뀌면'에는 사랑하는 사람의 웃는 모습을 활짝 핀 목련꽃에 비유했다. 동요 '꽃처럼 하얗게'에서는 긴 겨울을 견디고 아름답게 피어난 목련꽃처럼 나도 아름답게 피고 싶어 꽃처럼 하얗게 웃어본다고 순수한 마음을 표현했다. 결국 노래 제목이나 노랫말에 등장하는 목련은 모두 백목련을 의미하는 듯하다. 두 종류를 목련이라고 불렀기 때문이다.

백목련과 목련은 꽃의 구성도 재미있다. 꽃잎을 떼어보면 세 장씩 세 층으로 어긋나며 켜켜이 쌓이는데, 각각 색깔과 크기가 같다. 백목련은 아홉 장 가운데 맨 아래층 세 장은 꽃을 보호하는 꽃받침이고, 나머지 두 층이 꽃잎이다. 목련은 꽃잎 여섯 장과 작고 넓은 선 모양 꽃받침 세 장으로 다르다.

산에 오르다 계곡 주변으로 가면 우리나라에 절로 나 자라는

산목련도 만날 수 있다. 꽃과 향기가 목련 못지않게 아름다운데, 꽃이 피면 활짝 웃는 얼굴 모습 같아 함박꽃나무라고도 부른다. 목련 종류 꽃을 싫어할 사람은 없지 싶다. 가능하면 올바른 이름으로 불러주면 좋겠다.

학명은 목련이 *Magnolia kobus*, 백목련이 *Magnolia denudata*다. 속명 *Magnolia*는 프랑스 몽펠리에대학교 식물학 교수 피에르 마뇰Pierre Magnol의 이름에서 유래했다. 목련의 종소명 *kobus*는 '주먹'이란 뜻으로 꽃 모양을 표현했다거나, 목련의 일본 이름 고부시辛夷에서 유래했다고 한다. 백목련의 종소명 *denudata*는 라틴어로 '노출되다'라는 뜻이다. 노랫말에는 '목련' '목련꽃'으로 나오고, 꽃말은 '자연에 대한 사랑'이다.

꽃 중의 꽃, 나라꽃
무궁화

2017년 강원도 홍천군 북방면에 무궁화수목원이 개원했다. 한서 남궁억 선생이 활동한 홍천에 무궁화를 보존하고 그 뜻을 기리기 위해 세운 수목원으로, 현재 무궁화 112종 7340여 개체가 있다. 홍천군의 도로변에도 무궁화가 자주 눈에 띄는데, 분홍색과 흰색, 자주색 등 다양한 꽃이 핀다. 수목원에서 무궁화 사진 입간판을 보니 품종이 얼마나 많은지 입이 떡 벌어진다.

국립산림과학원이 2014년 발간한《나라꽃 무궁화 품종 도감》은 153품종의 형태적 특징과 개화 기간, 생육 특성 등을 담았다. 현재 우리나라에서 재배·육성된 품종은 200여 종이며, 꽃 모양에 따라 배달계와 단심계, 아사달계 등 세 유형으로 나눈다. 무궁화는 보통 수령이 40~50년이다. 강릉 방동리 무궁화(천연기념물)는 수령 120년 이상, 밑동 둘레 1.46m, 높이 약 4m로 우리나라에서 가장 오래됐다.

옹진 백령도 연화리 무궁화는 수령 90~100년으로 추정되는데, 태풍 볼라벤(2012년)과 솔릭(2018년) 영향으로 뿌리와 가지가 훼손된 후 고사해 2019년 천연기념물 지정 해제됐다. 최근 반가운 일이 생겼다. 고사한 무궁화와 DNA가 100% 일치하는 후계목을 옹진군에서 찾은 것이다. 자연 상태에서 유전자가 완전히 일치하는 개체를 찾을 확률은 1%가 되지 않는데, 고사 이전에 꺾꽂이 같은 방법으로 만들어진 게 아닌가 싶다. 앞으로 잘 자라서 천연기념물의 명성을 되찾기 바란다.

무궁화는 아침에 꽃봉오리가 벌어지기 시작해서 정오가 되면 활짝 피고 다시 지기를 반복한다. 꽃봉오리도 계속 맺혀 여름부터 가을까지 100일 정도 꽃을 볼 수 있고, 1년에 수백 송이 피는 개체도 있다. 8월 8일은 무궁화의날이다. 2007년에 민간단체 주도로 제정했는데, 아는 사람이 많지 않다.

동요나 애국가 가사를 보면 '무궁화 삼천리'라는 표현이 자주 나온다. 3000리는 환산하면 약 1200km로, 함경북도의 북쪽 끝에서 제주도의 남쪽 끝까지 삼천리(실제 거리는 1120km) 정도 된다고 하여, 우리나라 전체를 비유적으로 이르는 말이다.

'무궁화 행진곡'에서도 피고 지고 또 피고, 너도 나도 모두 무궁화가 되어 나라를 지키고 빛내자고 다짐한다. 가요 '꽃 중의 꽃'에서는 무궁화 꽃이 민족의 얼로, '귀국선'에서는 그리움의 상징으로 쓰였다. 심수봉이 부른 '무궁화'에는 나라를 위해 목숨 바친 영령들이 무궁화 꽃으로 피어나, 후손에게 나라를 위해 열심히 살아주기 바라는 메시지가 들었다.

나라꽃으로서 무궁화의 자격에는 의견이 분분하다. 시대적 배경과 국가, 인물, 원산지 등이 문제인데, 필자는 노랫말 속 표현을 위주로 설명했다. 어릴 때 우리 집 정원에 무궁화가 있었고 꽃도 본 기억이 나는데, 어느 날부터 눈에 띄지 않는다. 진딧물이 많아 잘라버렸다는 것이다. 40여 년이 지난 지금, 아버지는 다시 무궁화를 심었으면 하신다. 곱게 핀 꽃을 본 기억과 그 시절로 돌아가고 싶은 마음 때문인가 보다. 요즘은 병충해에 강한 품종도 있다니, 잘 선택해 심어드려야겠다. 꽃이 피면 즐거워하실 아버지 모습이 눈에 선하다.

무궁화는 학명이 *Hibiscus syriacus*다. 속명 *Hibiscus*는 라틴어 Hibiscum이나 Ebiscum에서 유래했는데, '점액질이 분비되다'라는 뜻이다. 종소명 *syriacus*는 '시리아에서 자라다'라는 의미다. 노랫말에는 '무궁화'로 나오며, 꽃말은 '일편단심' '영원' '아름다움' '섬세함'이다.

제주도 대표 과일
귤나무

올해는 귤을 사지 않고 겨울을 났다. 학교 제자와 제자 친구가 제주도에 살아서 몇 상자씩 보내주기 때문이다. 선별하지 않고 노지에서 수확한 과일이다 보니 상자를 열면 덜 익은 귤, 열매꼭지에 잎이 한 장 붙은 귤, 껍질이 손상된 귤… 정말이지 각양각색이다. 하지만 맛은 한결같이 좋다. 해마다 신세를 지니 고맙고 미안하다.

귤 상자가 쌓여 있는 대형 마트에 가면 '귤' '감귤' '밀감' 등

표기가 제각각이다. 이참에 이름을 정리해보자. 표준국어대사전에 감귤은 '귤과 밀감을 통틀어 이르는 말'이라 나온다. 여기서 귤은 우리나라에서 오래전부터 재배한 재래 감귤을 뜻한다. 《고려사》에 따르면 제주도에서 시작한 귤 재배는 476년(백제 문주왕 2) 기록이 처음이며, 진상할 정도로 귀한 과일이었다.

요즘 제주도에서 주로 재배하는 귤은 '온주밀감'이라는 품종으로, 중국 저장성浙江省 원저우溫州 지역에서 이름 붙였다. 밀감蜜柑은 귤의 일본식 발음 '미깡'을 한자로 쓴 것으로, 밀감의 '감'과 '귤'이 합쳐져 감귤이 됐다. 흔히 *Citrus*로 부르는 종류인데, 이는 식물학적으로도 감귤속을 뜻한다. 운향과Rutaceae에 드는 감귤속은 재배종을 포함해 약 160종이 자라는 것으로 알려졌다. 우리나라에서 품종 간 교배나 육종을 거친 종류도 여러 가지다. 과육이 풍부하거나 신맛과 단맛이 강하고 향이 독특한 개체를 선발해 만들며, 천혜향과 한라봉, 천지향, 레드향 등이 대표적이다.

귤을 먹으려면 겉껍질과 하얀 그물같이 생긴 속껍질을 벗겨야 한다. 이렇게 버리는 껍질에 다양한 영양분이 들었다고 한다. 겉껍질에는 과일 중 드물게 비타민 P가 함유된 헤스피리딘이 있는데, 혈압을 조절하고 혈관의 콜레스테롤 수치를 낮춘다. 암 예방에 도움을 주는 항산화 물질, 히스타민의 과도한 분비를 막아 알레르기를 억제하고 감기나 독감 예방에 효과적인 성분도 들었다. 속껍질은 천연 섬유질 성분인 펙틴이 많아 변비에 좋다. 겨울에 말린 귤껍질을 끓여 차로 마시는 이유다.

굴

노랫말에서 감귤은 고향을 그리워하는 마음, 제주도에 대한 동경을 표현했다. 조미미가 부른 '서귀포를 아시나요'(1974년)는 밀감 향기 풍겨오는 고향을 그리고, 최성원의 '제주도의 푸른 밤'은 외롭고 재미없다고 느껴질 때 모든 것 훌훌 버리고 제주도로 가서 낑깡(금귤) 밭과 감귤 밭을 가꿔보자는 내용이다.

제주도로 신혼여행을 가면 감귤 농장에 반드시 들렀다. 2000년 이전만 해도 렌터카보다 관광버스나 전세 낸 택시를 이용하는 신혼여행이 대부분이었는데, 감귤 밭에는 포토 존이 있었다. 잘생긴 귤나무 가지가 아치를 그리고 등황색으로 익은 열매가 주렁주렁 달렸으며, 가운데 신혼부부 얼굴이 들어갈 만한 공간이 있었다. 신혼부부가 사진 찍으려고 초등학생처럼 줄 서서 기다리는 모습이 좀 우스꽝스러워도 아무려면 어떤가. 가장 행복한 날인 것을. 요즘은 가족 여행객을 대상으로 하는 감귤 따기 체험도 있다. 언제 가도 좋은 제주도, 귤이 있어서 더 그렇다.

굴나무는 학명이 *Citrus unshiu*다. 속명 *Citrus*는 '상자'를 뜻하는 그리스어 kitron에서 유래했으며, 레몬의 오래된 이름이기도 하다. 종소명 *unshiu*는 중국 지명 원저우의 일본 발음이다. 노랫말에는 '밀감' '감귤' '낑깡'으로 나오고, 꽃말은 '친밀한 사랑'이다.

배고픔의 상징에서 건강식품으로

보리

해마다 4월이면 제주 가파도에서 청보리축제가 열린다. 드넓은 보리밭과 파란 하늘, 시원한 바닷바람이 어우러진 풍경이 말 그대로 장관이다.

초등학생 때 점심시간마다 도시락을 검사했다. 1970년대만 해도 어지간한 시골에서는 보리를 재배했으니, 밥에 잡곡이 얼마나 들었는지 검사한 것이다. 이제야 실토하지만, 선생님이 오시기 전에 도시락 뚜껑을 열고 밥에 보리쌀을 뿌린 적도 있다. 혼식 장려 정책은 음식점에서도 잡곡밥 판매를 유도해, 잡곡 비율이 20~30%가 넘도록 했다. 심지어 수요일과 토요일은 '쌀이 없는 날'로 지정, 세끼를 밀가루 음식으로 때우기도 했다. 요즘은 건강에 좋다는 보리밥을 전문으로 하는 음식점이 있고 사람들도 많이 찾지만, 보리밥이라는 말조차 꺼내지 못하게 하는 어른도 많다. 배고픈 시절을 떠올리기 싫어서다.

우수와 경칩 때면 온화해진 날씨로 언 땅이 녹으며 흙이 부풀어 보리의 성장에 나쁜 영향을 미치는데, 이를 방지하기 위해 보리밟기하러 밭으로 나가기도 했다. 추수 때면 보리 줄기를 한 다발씩 안고 와 밟은 다음 수동으로 작동하는 기계에 털었다. 지난 시절 힘들게 생활한 우리의 모습이다.

시인 박화목이 고향 황해도 사리원의 보리밭을 배경으로 쓴 〈옛 생각〉은 가곡 '보리밭'으로 탄생했다. 1951년 피란 시절, 종군 작곡가로 활동하던 윤용하가 부산 자갈치시장에서 박화목과 술을 마셨다. 두 사람은 피란살이에도 보람 있는 일이 필요하지 않겠느냐며, 후세에 남길 가곡을 만들자고 약속하고 헤어졌다. 사흘 뒤 윤용하가 '보리밭'을 작곡했다고 한다. 부산 중구청은 나중에 이 사실을 알고 2009년 자갈치시장 친수 공간에 '보리밭' 노래비를 세웠다.

경상도 지방에서 보리타작할 때 도리깨질하면서 부르는 민요 '옹헤야'는 '보리타작 소리'라고도 한다. 동요 '종달새의 하루'는 하늘에서 본 보리밭의 아름다움을 이야기한다.

보리와 밀은 함께 재배했는데, 모양이 비슷해 구별이 쉽지 않다. 식물학적으로 둘 다 벼과_{Gramineae}지만, 보리는 *Hordeum* 속에, 밀은 *Triticum* 속에 든다. 형태적으로 보리는 꽃차례가 5~8cm, 밀은 6~10cm다. 낱알 끝에 달리는 까끄라기(까락)는 보리가 밀보다 길다. 보리는 씨와 껍질이 잘 떨어지는지에 따라 쌀보리와 겉보리로, 씨를 심는 시기에 따라 가을보리와 봄보리로 나눈다.

겨울에 잘 익은 보리를 볶아 큰 주전자에 넣고 난로에 끓여 먹던 보리차가 생각난다. 김이 모락모락 나는 컵을 두 손으로 잡고 한 모금씩 마시면 구수한 맛이 일품이었다.

보리는 학명이 *Hordeum vulgare*다. 속명 *Hordeum*은 보리의 라틴명이고, 종소명 *vulgare*은 '보통' '일반적'이라는 뜻이다. 노랫말에는 '보리' '보리밭'으로 나오고, 꽃말은 '번영' '보편'이다.

홍겨운 응원가 속

아주까리(피마자)

피마자는 우리나라에서 한해살이지만 원산지인 인도나 아프
리카에서는 여러해살이로, 높이 2m까지 나무처럼 자란다. 일
반적으로 열대지방이나 더운 곳에서 전해온 작물은 온대기후
에서는 겨울을 넘기지 못하고 얼어 죽는다. 양념으로 쓰는 고
추나 솜이불에 들어가는 목화도 마찬가지다.

　아주까리라고도 부르는 피마자는 예부터 다양하게 쓰였다.
씨에는 기름 성분이 35~58% 있어 머릿기름이나 등잔불용으로 사용했고, 공업적으로는 화장품과 잉크, 윤활유, 식품 보존제의 원료로 쓴다. 생 열매에는 리신과 리시닌이 들었는데, 씨 4~8개면 치사량이다. 이 때문인지 세계대전 중에는 리신이 생화학 무기의 재료로 사용되기도 했다. 씨는 열에 약해 가열하면 리신 성분이 파괴된다지만, 항상 주의가 필요하다. 2차 세계대전 때는 고문하는 방법으로 피마자기름을 먹였다고 한다. 기름에는 독성이 많지 않지만, 향이 역겹고 설사와 복통을 일으켜 정신적인 고통을 주는 데 활용한 것이다.

다양한 용도 때문인지 아주까리는 노랫말에 자주 등장한다. 최병호가 부른 '아주까리 등불'(1941년)은 자장가 같은 곡인데, 아주까리기름으로 밝히는 등잔불로 엄마에 대한 그리움을 이야기했다. 백년설이 노래한 '아주까리 수첩'은 사랑하는 사람이 떠나가는 섬의 풍경을 흔들리는 아주까리 꽃 그림자로 표현했다. 박단마가 부른 '아리랑 목동'(1955년)은 흥겨운 박자 때문에 각종 운동 경기 응원가로 쓰인다.

노랫말에서 아주까리는 동백꽃과 함께 고운 꽃으로 표현된다. 붉은 동백꽃은 그렇다 쳐도 아주까리 꽃이 아름답다고 한 것은 조금 의외다. 원줄기 끝에 약 20cm 총상꽃차례로 피고, 위쪽에는 암꽃이, 아래쪽에는 수꽃이 달린다. 수술대가 잘게 갈라지고 암술대 끝은 둘로 나뉘며, 암꽃과 수꽃 모두 꽃잎이 다섯 개씩이라 조금 산만해 보이기 때문이다. 차라리 지름 30~100cm 방패처럼 생기고 5~11개로 갈라지는 믿음직한 잎이었으면 좋았겠다고 생각해본다.

아주까리 꽃과 어린 열매

    민요 '강원도아리랑'에도 아주까리와 동백이 등장한다. 노랫말에 머릿기름이 나오니 씨앗을 이용해 기름으로 사용하는 공통점 때문인 것 같다. 누구를 괴자고(사랑하려고) 머리에 기름을 바르냐는 표현은 질투심이 아닌가 싶다. '아리랑 목동'에서도 꽃이 아니라 기름이었다면 동백과 아주까리의 관계를 이해하기 쉬울 것 같은데 아쉽다.

    머릿기름이라는 단어를 생각하니 강원도에서 동백나무라고 부르는 생강나무가 떠오른다. 소설 속 주인공이기도 했으니 그 향이나 기름은 아주까리나 동백과 별반 차이가 없었을 듯하다. 모두 씨를 이용한 천연 기름이다. 시골에 가면 집 근처나 밭둑에 아주까리가 몇 개체씩 있었다. 비상약으로 쓰기 위해서일 텐데, 선조들의 지혜를 엿볼 수 있다.

아주까리 열매가 익으면 세 부분으로 갈라지고, 타원형 씨가 한 개씩 들었다. 겉에 짙은 갈색 반점이 보기 좋은데 그 속에 무시무시한 독이 있다니, 이런 것을 두고 겉 다르고 속 다르다고 하는지 모르겠다.

피마자는 학명이 *Ricinus communis*다. 속명 *Ricinus*는 '진드기'를 뜻하는 라틴어로 종자의 모양을 가리킨다. 종소명 *communis*는 '통상의' '공통적'이라는 뜻이다. 노랫말에는 '아주까리'로 나오며, 꽃말은 '단정한 사랑'이다.

가을 노래 주인공
코스모스

어릴 때 기억 속에는 코스모스 꽃이 붉은색이었다. 김경희가 작사한 동요 '코스모스'에도 길가의 코스모스 얼굴은 빨개졌다고 표현했다. 빨간 코스모스가 파란 하늘과 어울려 가을 정취를 자아냈다면, 요즘은 꽃 색깔이 무척 다양하고 꽃이 피는 시기도 달라졌다. 원래 코스모스는 낮이 짧을 때 개화하는 특성이 있었는데, 요즘은 6월부터 늦은 가을까지 볼 수 있도록 많은 품종이 개량됐다.

코스모스 꽃은 놀이 도구가 되기도 했다. 국화과Compositae에 드니 쌍떡잎식물인데, 이 종류는 씨가 싹이 틀 때 나오는 떡잎이 두 장이어서 붙은 이름이다. 전 세계에 자라는 식물 가운데 가장 많은 종류가 포함된다. 쌍떡잎식물은 외떡잎식물과 다른 점이 몇 가지 있다. 떡잎 외에 가장 큰 차이는 꽃을 구성하는 요소다. 쌍떡잎식물의 꽃 기관은 4나 5의 배수, 외떡잎식물은 3의 배수다. 코스모스는 꽃잎이 여덟 장이기 때문에 한 장씩 건너 떼면 남은 네 장은 십자형이 되고, 이것을 날리면 빙글빙글 돌면서 낙하산처럼 땅에 도착했다. 놀이가 시작되면 수십 개 따서 날렸으니 꽃에 미안한 일이지만, 친구들과 재미난 시간을 보내기에는 충분했다.

코스모스가 주로 자라는 곳은 길가였다. 봄이면 도로변에 씨를 뿌리거나 모종으로 심었다. 코스모스는 개항 이후 국내에 들어온 신귀화식물 중 1922~1963년 소개된 2기 식물이다. 멕시코가 원산지인 한해살이풀을 화훼용으로 처음 심었다. 코스모스가 우리나라에서 자라는 데는 우여곡절도 많았다. 기온이 높은 중남미에서 주로 자라다 보니 우리나라처럼 사계절이 있고 몇 달 동안 기온이 영하로 내려가는 지역에서는 씨가 겨울을 나기 어려웠다. 그래서 초등학생 때 코스모스 씨가 잘 익은 가을이면 실과 시간에 밖으로 나가 씨를 받기도 했다. 요즘은 온대기후에 적응해 야생화한 개체가 많아 이런 수고는 덜었다.

가을이면 생각나는 노래 1위는 김상희가 부른 '코스모스 피어 있는 길'(1967년)이다. 이 곡은 작사가 하중희가 길가에 피어 가을바람에 흔들리는 코스모스 꽃의 아름다움에 매료되어 노랫말을 썼다고 한다. 가곡 '코스모스를 노래함'(1932년)은 코스모스를 "가을의 새아씨, 외로운 밤에 나의 친구" 등으로 표현해 만추의 외로움을 드러냈다. 가만히 들어보면 나라를 빼앗긴 서러움도 느껴지는 것 같다.

나훈아의 '고향역'은 수수한 코스모스 꽃이 핀 고향 역 풍경을 묘사했다. 동요 '가을맞이'에도 산 넘어오는 가을을 코스모스가 웃으며 맞는다고 표현했다. 제목에 코스모스가 들어간 가요도 여러 곡 있는데, 가을 풍경보다 사랑과 이별에 쓰였다.

활짝 핀 코스모스 꽃을 머리에 꽂으면 예쁜 머리핀이 됐다. 함께 놀던 동네 여자 친구에게 꽂아주니, 쑥스러워하며 볼이 발그스레하게 달아오르던 모습이 생각난다. 코스모스가 엮어준 고마운 추억이다.

코스모스는 학명이 *Cosmos bipinnatus*다. 속명 *Cosmos*는 '장식'을 뜻하는 그리스어 cosmos에서 유래했다. 종소명 *bipinnatus*는 '두 번에 걸쳐 가늘게 갈라진다'는 뜻으로, 잎의 특징을 표현한 것이다. 노랫말에는 '코스모스'로 나온다. 꽃말은 '소녀의 진정성과 조화로움'이며, 색깔에 따라 붉은색은 '소녀의 순애', 흰색은 '소녀의 순결'을 의미한다.

섬과 바닷가에 피는 꽃
해당화

우리나라는 삼면이 바다인 반도로, 바다마다 특성이 있다. 서해는 넓은 갯벌, 남해는 많은 섬, 동해는 깨끗하고 탁 트인 풍광을 자랑한다. 바다에 사는 생물이 다양해, 우리가 식탁에서 만나는 생선도 출처가 다르다. 굴 하면 서해안, 오징어와 명태 하면 동해안이 떠오르지만, 요즘은 해수 온도 상승으로 서식지가 바뀌는 바람에 지역별 어류 분포도를 바꿔야 하는 지경에 이르렀다.

식물은 좀 다르다. 이동성이 없어 바닷가마다 고유의 특성을 나타내는 식물이 있는가 하면, 세 지역에 모두 분포하는 종류도 있다. 해당화가 대표적인 예다. 줄기가 온통 가시로 덮였고, 바닷바람 때문에 키는 작지만 진한 녹색으로 무장한 두꺼운 잎이 탐스럽다. 지름 6~9cm 홍자색 꽃은 바다에 오는 사람들을 반기는 선물 같다. 꽃이 활짝 피는 5~7월이면 푸른 바다와 백사장이 어우러져 즐거움이 배가 된다.

이런 특징 때문인지 노랫말에도 자주 등장한다. 초등학교 음악 교과서에 나오는 '바닷가에서'는 바닷가 풍경을 해당화가 곱게 피었다고 표현했다. 여기에 수평선, 갈매기, 잔잔한 물결이 어우러져 노래를 듣기만 해도 바다에 있는 기분이 든다. 이미자가 부른 '섬마을 선생님'에도 섬마을의 특징을 해당화가 피고 지는 곳이라고 했다. 섬이라는 곳이 그리 풍요롭거나 사람이 많지 않아 육지에 비해 외로움이 커서인지 총각 선생님을 향한 사랑을 노래한다.

제목에 해당화가 나오는 곡도 있다. 박재홍이 부른 '내가 심은 해당화'(1953년), 탁소연이 작사하고 송민도가 노래한 '해당화 피는 마을'(1957년), 전우가 작사하고 배호가 부른 '해당화 피는 마을'(1968년) 등인데, 모두 고향에 대한 동경과 이별의 슬픔을 노랫말에 담았다. '정선아리랑'에도 해당화가 등장한다. 강원도 정선은 내륙 중의 내륙인데 왜 해당화가 등장할까? 명사십리와 해당화는 바닷가에서, 모춘삼월(봄이 저물어가는 음력 3월)과 두견새는 진달래가 피는 시기를 설명해 자

해당화 열매

연의 흐름에 따르는 적재적소의 의미다.

강릉 경포해수욕장에 가면 해송 숲 근처에 산책로가 있다. 사천진해변공원에서 경포호를 지나 남항진해변까지 가는 바우길 5코스(바다 호숫길, 15km)에 포함된다. 산책로 주변에 해당화를 심어 운치를 더한다. 몇 년 전에 이 길을 걸었는데, 11월 말이라 꽃은 보지 못했지만 붉은 열매가 아쉬움을 달래 줬다. 잎이 지고 남은 줄기에 달린 구슬만 한 열매를 보고 해당화는 계절에 따라 보여줄 게 많은 식물이라고 느꼈다. 해당화는 튼튼하다. 빽빽한 가시에도 다른 생물의 접근을 허락하지 않는 단호함이 있다. 풍파를 헤치고 오랫동안 견뎌온 모습이다. 그 꿋꿋함이 부럽다.

해당화는 학명이 *Rosa rugosa*다. 속명 *Rosa*는 '장미'를 뜻하는 그리스어 rhodon과 '붉다'는 의미의 켈트어 rhodd에서 유래했다. 종소명 *rugosa*는 '주름이 있다'는 뜻으로, 잎의 특징을 설명한다. 노랫말에는 '해당화'로 나오며, 꽃말은 '온화' '원망' '미인의 잠결'이다.

향긋한 해독 식물
미나리

술 마신 다음 날이면 아침부터 해장국집을 찾는다. 흔히 해장국이라 하면 선지나 북엇국을 떠올리는데, 복어를 이용한 요리도 인기다. 복어는 맹독성이라는 선입관 때문에 사람들이 선뜻 택하지 않는다. 종류에 따라 다르지만, 복어 정소와 난소, 간, 위, 내장, 껍질 등에 독이 골고루 있어 자격증이 없는 사람이 잘못 요리했다가는 큰일을 당할 수도 있다. 독성은 산란기에 훨씬 강해진다고 한다. 복어에 있는 테트로도톡신은 독성이 청산가리의 10배 이상이고 해독제도 알려지지 않아, 독에 노출되면 초기 대처가 매우 중요하다.

복어는 위협을 받으면 공기나 물을 품어 몸을 부풀린다. 위장 아래쪽에 확장낭(팽창낭)이라는 신축성 주머니가 있기 때문이다. 이 주머니에 물을 몸무게의 네 배까지 채울 수 있다는데, 일단 물이나 공기가 들어오면 식도에 있는 근육이 수축해 몸이 부푼다. 이 모습이 장난감처럼 재미있게 생겼지만, 복어는 생명의 위태로움을 느껴 자기방어를 하는 것이니 함부로 다뤄선 안 된다.

복어로 만든 음식을 맛본 지는 그리 오래되지 않았다. 비싼 값도 한몫했지만, 요리하는 식당이 많지 않고 대중적이지 못하다는 생각 때문이다. 사실은 선짓국 한 뚝배기가 싸고 내 체질에 맞는다. 복어탕에는 미나리가 따라다닌다. 해독 작용을 하는 성분이 있어 숙취 해소에 좋기 때문이다.

한방에서는 미나리를 수근水芹이라 한다. 가슴이 답답하고 갈증이 심한 증상을 완화하고, 이뇨 작용으로 부기를 빼주며, 오랫동안 먹으면 기운이 생겨 예부터 식재료로 많이 사용했다. 시장에서 파는 미나리는 크기가 30~40cm나 된다. 물속에서 재배하기 때문인데, 요즘은 밭에서 재배하는 곳도 있다.

봄에 미나리 새싹이 올라오면 친구들과 놀다가 집으로 돌아올 때 줄기를 한 움큼 뜯어 가져갔다. 어머니가 솥뚜껑에 부침개를 해주셨는데, 지금도 미나리 향이 입안에 퍼지는 듯하다.

노랫말에 등장하는 미나리는 민요와 동요에서 만날 수 있다.

남도민요 '개고리 개골청'은 강강술래에 나오는 놀이노래로, 개구리 잡는 모습을 담았다. 노랫말에 "미나리 방죽을 더듬어"라는 표현이 미나리가 사는 장소다. 동요 '요리사 가족'에는 아빠가 끓이는 매운탕 재료로 미나리가 나오고, '도레미 노래'에는 계이름 '미'를 뜻하는 예로 '파란 미나리'가 쓰였다. 이렇게 노랫말에서 미나리는 실질적인 것을 설명하는 형태로 표현됐다.

미나리 꽃을 본 사람이 얼마나 될까? 미나리는 미나리과라고도 불리는 산형과Umbelliferae에 들며, 작고 흰 꽃이 겹산형꽃차례로 핀다. 당귀나 당근, 참나물, 어수리의 꽃을 상상하면 될 듯싶다.

미나리로 만든 음식을 검색하니 탕, 전, 무침, 김밥 등 다양하다. 설명에는 '봄' '제철' '향'이란 단어가 자주 등장한다. 문득 미나리를 넣고 담근 시원한 물김치가 생각난다.

미나리는 학명이 *Oenanthe javanica*다. 속명 *Oenanthe*는 그리스어로 '술'을 뜻하는 oinos와 '꽃'을 의미하는 anthos의 합성어다. 종소명 *javanica*는 '자바에서 자란다'는 뜻이다. 노랫말에는 '미나리'로 나오고, 꽃말은 '성의'다.

봄 축제의 주인공
벚꽃

전국에서 열리는 벚꽃 축제를 검색해보니 30여 개 지역 이름
이 나온다. 대부분 축제라는 단어가 붙은 가운데 벚꽃마라톤
대회가 눈에 띈다. 벚꽃 잎이 흩날리는 거리를 달리는 모습을
상상하면 기분이 좋아진다. 사랑하는 사람들과 함께 봄바람을
맞으며 걷는 길도 낭만적이다. 벚꽃이 활짝 핀 거리에 무대를
꾸미고 노래자랑을 해도 멋질 것 같다.

　벚꽃이 피는 시기는 지역마다 조금씩 다른데, 가장 따뜻한 제주도에서 3월 말쯤 피기 시작해 차츰 북쪽으로 올라온다. 기상청에 따르면 한반도 연평균 기온은 1912년부터 지금까지 10년마다 0.18℃가 높아졌다고 한다. 필자가 사는 춘천도 벚꽃 피는 시기가 해마다 달라진다. 학교에서 찍은 사진 자료를 보니 가장 늦은 해는 4월 24일, 가장 빠른 해는 4월 2일이었다. 불과 10년 사이에 20일 이상 빨라진 셈이다. 요즘은 벚꽃이 피는 시기를 2~3월 평균기온, 최저기온과 최고기온, 월 강수량, 일조량, 지난 수십 년간 개화 날짜 등 데이터를 활용한 회귀분석으로 예측한다고 한다. 이 자료는 축제 같은 행사 일정을 결정하는 데 쓰인다.

우리가 흔히 만나는 벚나무는 대부분 왕벚나무를 개량한 원예종이다. 왕벚나무는 원산지 관련 논란이 있었는데, 최근 왕벚나무 유전체를 해독해 두 종이 뚜렷이 다른 종임을 확인했다. 이 결과에 따르면 소메이요시노染井吉野라 불리는 일본 왕벚나무는 도쿄 근처에서 자라던 올벚나무를 모계, 오시마사쿠라大島櫻를 부계로 만든 품종이다. 제주도에 절로 나 자라는 왕벚나무는 올벚나무를 모계, 산벚나무를 부계로 탄생한 자연 잡종이다. 따라서 제주도 왕벚나무는 우리나라 고유종임이 밝혀졌다.

왕벚나무 자생지는 세 곳이 천연기념물로 지정됐다. 제주 신례리와 봉개동, 해남 대둔산이다. 한편 국립산림과학원 산하 난대아열대산림연구소가 왕벚나무 자생지를 조사해 173개 지점에서 235개체를 확인했다. 제주시 오등동과 봉개동, 물장오리오름 일대에 많은 개체가 넓게 분포하고, 한라산 해발

버찌

165~853m에서 자라는 것을 확인했다. 국립수목원은 2017년 후대를 위한 어미 나무로 한라산 관음사지구의 왕벚나무를 지정했다. 왕벚나무의 주권이 확실히 밝혀졌으니 도심이나 길 주변에 있는 원예종 왕벚나무를 다시 봐야겠다.

버스커버스커의 '벚꽃 엔딩'은 벚꽃 잎이 흩날리는 거리를 사랑하는 사람과 둘이 걷자는 노랫말이 낭만적이다. 미국 워싱턴과 메릴랜드에서 본 벚꽃 축제가 생각난다. 왕벚나무로 뒤덮인 동네도 있었다. 잎이 나오기 전에 몇 송이씩 함께 달리는 꽃과 녹색에서 붉은색을 거쳐 검은색으로 익어가는 열매를 아름답게 느끼는 것은 동서양이 같은 모양이다.

필자가 근무하는 강원대학교에도 벚나무가 많다. 줄기가 한 아름이나 되는 왕벚나무를 2층에서 내려다보면 줄기 끝에 핀 꽃이 눈높이에 있다. 필자는 어떤 글에 이 풍경을 '흰색 구름 꽃이 활짝 피었다'고 표현했다.

왕벚나무 학명은 *Prunus yedoensis*다. 속명 *Prunus*는 '자두'를 뜻하는 라틴어 plum에서 유래했으며, 종소명 *yedoensis*는 일본 '도쿄'를 뜻한다. 노랫말에는 '벚꽃' '벚나무'로 나오며, 꽃말은 '청렴결백' '절세미인'이다.

나의 살던 고향에 피는 꽃
복사꽃

복사꽃이 피는 길, 즉 도화桃花길을 도로명으로 검색하니 강원 양양과 춘천, 서울 마포, 경기 안성, 경북 영양, 전북 부안 등 이 나온다. 우리나라는 지명 표준화 작업을 통해 2014년부터 주소를 도로명으로 바꿨다. 처음에는 시행착오를 겪었지만 이 제 정착된 것 같다.

지명은 본래 장소를 구별하기 위해 사용하는 언어 표현으 로, 지역 특성이 드러나기도 하고 명소나 인물이 떠오르기도 한다. 지명 유래와 어원을 찾기 위해 문헌과 동네 어르신들의 지식을 융합해 추적해가는 방송 프로그램을 재미있게 본 적이 있다. 도화길도 마찬가지인 것 같다. 춘천의 도화길은 1980년대에 '도화골'이라 불릴 정도로 복숭아 과수원이 많았다. 4~5월에 학교 후문으로 나가면 연분홍색 꽃이 북쪽에 보이는 조그만 동산 같은 봉우리 주변을 뒤덮었다. 지금은 이 지역이 아파트나 주택으로 바뀌어 복사꽃이 있었는지 모르는 사람이 많지만, 도화길이라는 이름으로 남았다.

복사꽃은 잎보다 먼저 피고, 지름이 3cm쯤 된다. 흔히 복숭아나무라고 불리는 복사나무 꽃이다. 꽃자루가 짧아 나뭇가지에 달린 모습이 만들어 붙인 조각품 같다. 8~9월에 달리는 주먹만 한 열매가 맛도 좋으니, 눈과 입이 모두 즐겁다.

도미가 부른 '귀향'(1952년)은 임을 찾아 고향에 왔건만 허물어진 빈터에 복사꽃만 피었다고 했고, 백난아가 노래한 '금박댕기'(1949년)는 붉은 입술을 복사꽃에 비유했으며, 이미자의 '아씨'(1970년)에는 시집가던 날 길옆에 피어 있던 꽃으로 등장해 주로 마을의 경관을 설명하는 데 사용했다. 반야월이 작사한 '외나무다리'(1962년)는 동명 영화에 삽입됐다. 이 곡에서 복사꽃과 능금 꽃이 피는 내 고향이 정확히 어디인지 알 수 없었는데, 작사가의 설명에 따라 경북 영덕이라는 게 알려졌다. 영덕군은 2010년 8월 영덕읍에 소공원을 만들고, 노래비와 상징물을 세워 홍보했다.

복사꽃이 마을과 관련 있는 것은 오래전부터 복사나무를

과실수로 재배했기 때문이다. 옛 문헌을 보면 집 안에는 복사나무를 심지 않았다고 한다. 복사나무가 귀신을 쫓는 특성이 있어, 조상님의 영혼이 명절이나 제삿날 정성스레 준비한 제사상이 있는 방으로 들어올 수 없기 때문이다. 복숭아는 제사상에도 올리지 않았다. 농사 지침서 《제민요술》에 "집 밖 동쪽으로 복사나무 9본을 심으면 자손이 번성하고 액운을 쫓는다"는 기록이 있다. 종합하면 마을마다 복사나무를 심은 데는 나쁜 기운을 막아 마을의 안녕을 비는 선조들의 지혜가 담긴 듯하다.

복사나무는 꽃 색과 형태에 따라 백도, 만첩백도, 만첩홍도, 열매 모양과 털 유무에 따라 감복사, 숭도, 용인복사 등 여러 품종으로 나뉜다. 최근에는 개량 복숭아에 비해 열매가 작고 떫은맛이 강한 개복숭아를 건강식품으로 활용한다. 이 종류는 우리나라와 중국에서 자생하며, '돌복숭아' '야생복숭아'라고 부르기도 한다. 복사나무는 여러 가지 용도뿐만 아니라 마을을 보호하는 기능이 있다. 춘천 도화길에도 다시 복사꽃이 활짝 피기를 기대한다.

복사나무 학명은 *Prunus persica*다. 속명 *Prunus*는 '자두'를 뜻하는 라틴어 plum에서 유래했으며, 종소명 *persica*는 '페르시아'를 의미한다. 노랫말에는 대부분 '복사꽃'으로 나오며, 꽃말은 '당신 같은 매력'이다.

너무나 아름다워서 슬픈
수선화

세상에는 네 가지 신선이 있다고 한다. 사람 중에 있는 인선人仙, 하늘에 있는 천선天仙, 땅에 있는 지선地仙, 물에 있는 수선水仙이다. 수선화라는 식물은 물과 관련이 있고, 이에 대한 전설이 속명에 잘 나타난다. 수선화의 속명 *Narcissus*는 그리스신화에 나오는 나르키소스에서 유래했다. 나르키소스는 연못에 비친 자기 얼굴에 반해 물에 빠져 죽었다. 그 연못에 이름 모를 꽃이 피어났고, 사람들은 나르키소스를 닮은 꽃으로 생각해

'수선화(물에 핀 신선의 꽃)'라 불렀다고 한다.

수선화 재배 역사는 그리스 시대부터 기록됐으며, 꾸준한 연구를 통해 지금까지 2만 7000여 종이 등록됐다. 해마다 200여 종이 새로 만들어진다고 보고돼, 수선화가 멸종 위기종이 될 확률은 매우 낮다.

수선화는 지중해 연안과 동북아시아 원산으로 백합목Liliales 수선화과Amaryllidaceae에 든다. 열매를 맺지 못해 껍질이 검고 넓적한 달걀형 땅속 비늘줄기로 번식한다. 종이로 접은 듯 깨끗한 꽃은 바깥쪽 꽃덮개와 안쪽 꽃덮개가 세 장씩 엇갈려 달리고, 가운데 노란색으로 꽃처럼 보이는 덧꽃부리가 있다. 수선화 종류는 꽃 기관의 크기, 겹꽃 유무, 꽃 모양, 줄기 하나에 달리는 꽃의 수 등에 따라 크게 13가지 그룹으로 나눈다고 한다. 우리나라에서 부르는 품종 이름은 거의 원산지 이름을 그대로 한글화해 아쉽다.

수선화와 관련된 노래는 미국의 포크송 그룹 브라더스포가 발표한 '일곱 송이 수선화Seven Daffodils'(1964년)를 양희은이 개사한 '일곱 송이 수선화'(1971년)가 가장 유명한 듯싶다. Daffodil은 수선화의 영어 이름이다. 노랫말은 가난한 이가 사랑하는 사람에게 입맞춤, 달빛을 엮어 만든 목걸이와 반지, 황금빛 수선화 일곱 송이로 마음을 전하고, 생이 다하는 날까지 함께할 수 있다는 내용이다. 배따라기의 '수선화'(1985년)도 있다. 창가에 비를 맞고 핀 수선화는 떠나버린 사랑하는 사람의 얼굴을 닮았고 하얀 면사포처럼 보이는데, 꽃은 나를 보고 웃어 언

젠가 돌아올 그녀를 기다린다는 의미다.

　가곡 '수선화'는 김동명의 시에 김동진이 곡을 붙였다. 끝부분에 한 번 나오는 수선화는 앞에 등장하는 애달픈 마음, 죽었다가 다시 살아 또다시 죽는 가여운 넋, 적막한 얼굴, 불멸의 소곡 등 수많은 모습을 보듬는 역할을 한다. 노랫말을 음미하면 당시 사회적 분위기를 빗대 표현한 것 같다.

　몇 년 전 봄, 오일장에 갔다가 수선화 화분을 샀다. 활짝 핀 꽃이 보기 좋았는데, 사무실에 두고 사흘 만에 시들더니 말라 버렸다. 물 부족인지 환경이 바뀐 탓인지 몰라도 꽃이 핀 시간이 짧으니 아쉬웠다. 그런데 얼마 후 반가운 소식을 들었다. 충남 태안에서 해마다 수선화축제가 열린다는 것이다. 수선화 170여 종 100만 개체가 있다는 행사장에 꼭 한번 가보려 한다. 품종마다 다른 꽃 색깔의 조화가 머릿속에 그려진다.

　수선화는 학명이 *Narcissus tazetta* var. *chinensis*다. 속명 *Narcissus*는 나르키소스에서 유래했다. 종소명 *tazetta*는 이탈리아어로 '작은 찻잔'을 뜻하며, 수선화의 덧꽃부리 모양을 상징한다. 변종소명 *chinensis*는 '중국에서'라는 의미다. 노랫말에는 '수선화'로 나오며, 꽃말은 '자기애' '자존심' '고결' '신비'다.

밭에서 나는 고기
콩

콩은 우리나라에서 절로 나 자라는 식물은 아니지만 다용도로
쓰인다. 단백질이 풍부한 두부의 주재료이고, 밥에 넣어 먹는
종류도 있으며, 콩나물은 가장 쉽게 접하는 반찬 재료다. 콩과
Fabaceae 식물 중 우리 이름에 '콩'이 들어간 것을 헤아려보니 땅
콩을 포함해 13종이나 된다. 이 가운데 절반 정도는 밭에서 재
배하는 종으로 식탁에서 자주 만난다. 채식주의자는 콩을 활
용한 콩고기로 부족한 영양분을 보충하기도 한다.

콩은 밭에 심으면 특별한 관리가 필요 없다. 콩과 식물은 땅속에서 뿌리와 박테리아가 도움을 주고받아 필요한 것을 공급하기 때문이다. 가장 많이 재배하는 콩은 씨가 노란색인 종류다. 시골에서는 보통 '노란 콩'이라 불렀고, 주로 메주와 두부, 콩나물을 만드는 데 사용했다.

물에 불린 콩을 맷돌에 갈면 콩물이 나온다. 커다란 가마솥에 콩물을 끓이고 자루에 담아 짠 다음 간수를 넣고 저으면 단백질이 응고되어 순두부가 된다(이때 자루에 남은 콩비지로 구수한 찌개를 끓인다). 순두부 맛도 맛이지만 몽글몽글 엉기는 모습이 신기했다. 메주 만들 때 쓰는 나무 상자 같은 틀에 천을 깔고 순두부를 넣은 다음 널빤지를 올리고 맷돌로 누르면 단백질만 남아 두부가 되고, 액체는 밖으로 빠져나간다. 우리 동네에서는 이것을 '촛물'이라 불렀다. 김이 모락모락 나는 두부에 신 김치를 얹어 먹으면 세상 부러울 게 없었다.

콩이 등장하는 노랫말은 초등학교 음악 교과서에 있다. 남도민요 '꼬리 따세'는 콩과 팥 농사를 이야기하고, 전래 동요 '꿩꿩 장 서방'에서는 콩을 먹거리로 사용했다. 두 곡은 자진모리장단과 중중모리장단이라 밝고 명쾌하다. '쑥쑥 자라라'는 시루에 담은 콩나물 콩이 자라는 모습을 그렸다.

콩의 기원은 우리나라에서 자라는 돌콩일 가능성이 아주 높다고 한다. 돌콩은 줄기가 덩굴성인 한해살이풀로, 다 자라면 길이가 2m나 되고 털이 많다. 잎은 타원형처럼 생긴 피침모양 작은잎 세 장이고, 가운데 잎이 가장 길다. 이것이 다른 야생

돌콩

종과 구별되는 점이다. 돌콩은 7~8월에 자주색 꽃이 피고, 길이 6mm 정도로 눈에 잘 띄지 않는다. 열매는 꼬투리로 길이 2~3cm에 세 부분이 튀어나왔고, 씨가 한 개씩 들었다.

우리나라는 야생 콩이 많이 자란다. 평생 7000여 개체나 수집한 학자는 전 세계 콩 연구를 진두지휘하는 유명한 학자가 제안한 공동 연구 기회도 뿌리치고, 자신이 보유한 종류는 오직 우리나라 야생종의 가치와 기원을 밝히는 데 활용했다고 한다. 야생 콩의 가치를 알았으니 다시 봐야 할 것 같다.

콩은 학명이 *Glycine max*다. 속명 *Glycine*은 '단맛'을 의미하는 그리스어 Glycys에서 유래했고, 종소명 *max*는 '최대'라는 뜻이다. 노랫말에는 '콩' '콩나물'로 나오며, 꽃말은 없다.

마을을 지켜주는 키다리 아저씨
느티나무

장성 단전리 느티나무

우리나라에는 수령 1000년이 넘은 나무가 60여 그루 있는데, 그중 25그루가 느티나무다. 천연기념물로 지정된 느티나무도 19그루나 된다. 수령 400년 이상으로 추정하는 장성 단전리 느티나무(천연기념물)는 높이 약 28m, 가슴 높이 둘레 10.5m 로 우리나라 느티나무 가운데 가장 크다. 읍면 단위 마을에서 자주 눈에 띄는 느티나무도 어른 몇 명이 팔을 벌려 에워싸야 할 정도다. 이런 나무에는 대부분 보호수나 노거수라는 팻말

느티나무 꽃

이 붙었다.

양희은이 부른 '느티나무'(1995년)는 어렸을 때 살던 동네에 있던 커다란 느티나무를 친구처럼 설명한다. 넉넉한 그늘을 주고 편히 낮잠을 즐길 수 있게 해주는 나무, 언제부턴가 내 가슴속에 자리 잡은 듬직한 나무, 누구보다 내가 닮고 싶었던 친구가 바로 느티나무라는 것이다. 느티나무 아래는 대부분 의자나 평상이 있고, 동네 사람들은 거기 모여 오순도순 이야기하고 맛있는 음식도 나누는 행복한 장소였다. 마을의 안녕을 책임지는 당산나무 역할도 하니, 마을과 나무가 여러모로 의지하며 살아가는 동지 같은 존재다.

초등학교와 중학교 음악 교과서에 실린 황해도 민요 '싸름'이 있다. 싸름은 쓰르라미(쓰름매미)의 황해도 사투리로, 쓰르람

느티나무 열매

쓰르람 하는 울음소리가 애처롭다고 한다. 이 소리를 느티나무 아래서 듣는다고 했으니, 타지에 사는 사람이라면 고향 생각이 절로 날 것이다.

느티나무 꽃은 5월에 옅은 황록색으로 피고 요란하지 않다. 수꽃은 새 가지 밑에 여러 개가 뭉쳐 달리고, 암꽃은 윗부분에 한 개씩 달린다. 열매는 지름 4mm로 10월에 익는다. 가끔 잎을 보고 놀랄 때가 있다. 녹색이나 연자주색 작은 돌기처럼 생긴 벌레집 때문이다. 5월쯤 눈에 띄어 멀리서 보면 꽃인가 싶은데, 외줄면충(느티나무외줄진딧물)의 집이다.

매미목Homoptera 면충과Pemphigidae에 드는 외줄면충은 봄이면 알에서 깨어난다. 애벌레가 잎 뒷면에 기생하다가 수액을 빨아 먹으면 잎이 오목해지고 그 위로 벌레집이 생긴다. 벌레집에서 자란 암컷은 20일쯤 지나 불완전탈바꿈을 하는 애벌레(약충)를 낳고, 5~6월이면 날개 달린 어른벌레(유시충)가 되어 느티나무를 떠난다. 어른벌레가 나가면 돌기처럼 생긴 집은 갈색으로 변하고, 집을 나간 어른벌레는 대나무 숲에서 여름을 보낸 뒤 겨울에 느티나무로 돌아와 수컷과 교미한다. 암컷은 알을 품은 채 죽고, 이듬해 알이 다시 깨어난다. 개체에 따라 다르지만, 벌레집이 많아 잎이 반으로 접힌 것도 있다.

필자가 근무하는 강원대학교 정문 가로수는 수령이 오래되지 않은 느티나무 100여 그루인데, 가을이면 녹색 잎이 하루가 다르게 노란색과 붉은색으로 변해가는 모습이 장관이다. 잎이 두껍고 커서인지 낙엽을 쓰는 소리도 시원하다. 느티나무를 정의하라면 '마을을 지켜주고 그늘과 단풍을 제공하는 키다리 아저씨 같은 나무'라고 하겠다. 한마디로 멋진 나무다.

느티나무는 학명이 *Zelkova serrata*다. 속명 *Zelkova*는 코카서스에서 자라는 카르피니폴리아*Zelkova carpinifolia*를 지방에서 부르는 이름 Zelkoua(Tselkwa)에서 유래했으며, '돌처럼 단단한 기둥'이라는 뜻으로 튼튼한 줄기를 표현한다. 종소명 *serrata*는 '톱니가 있다'는 뜻으로, 잎 가장자리의 특징을 설명한다. 노랫말에는 '느티나무'로 나오며, 꽃말은 '희생' '운명'이다.

아침에는 보약, 저녁에는 독?

사과나무와 능금나무

아침에 먹는 사과는 보약, 저녁에 먹는 사과는 독이라고 한다. 보약이든 독이든 나는 매일 아침에 사과를 한 개씩 먹는다. 언제부터인지 정확히 기억나지 않지만 특별한 날을 제외하고는 그렇다. 가끔 아내가 여러 가지 과일을 한꺼번에 내놓으면 사과를 먹고 나머지는 그대로 돌려준다.

사과에 대한 즐거운 추억도 있다. 초등학교에 들어가기 전에 아버지 학교 수학여행을 따라갔다. 지금이야 아무리 큰 사과라도 한 개는 쉽게 먹지만, 어릴 때는 평균 크기라도 한번에 먹기는 다소 무리였다. 두 손으로 사과를 들고 한참 먹다 배가 불러 나중에 먹겠다고 하니, 아버지가 버스 위 짐칸에 올려주셨다. 지금도 아버지께 그때 이야기를 드리곤 한다.

요즘은 명절 즈음에 맛은 물론이고 색깔과 크기가 조화로운 품종을 '명품 사과'라 해서 비싸게 판다. 사과 재배 역사는 순탄치 않았다. 1980년대만 해도 우리나라 사과 주산지는 대구였다. 1899년 선교사 제임스 애덤스James E. Adams와 대구 동산의료원 설립자 우드브리지 존슨Woodbridge O. Johnson 박사가 미주리주에서 서양 사과나무를 수입, 사람들에게 나눠줬다. 그 후 청라언덕에 심은 개체에서 떨어진 씨가 발아한 2세목은 보호수로 지정하고 3세목을 육성하는 등 대구시는 사과나무의 역사성을 이어가기 위해 노력했다. 그러나 기후변화로 사과 재배지가 점점 북상해 지금은 충청도를 지나 경기도와 강원도 북부가 재배지로 각광 받는다.

사과나무는 특히 꽃이 아름답다. 흰색이나 연분홍색 꽃을 찾아오는 벌과 나비도 덩달아 예뻐 보이고, 콩알만 한 녹색 열매가 붉고 주먹만 하게 커가는 모습도 보기 좋다. 사과나무에 버금가는 서부해당화나 꽃사과라는 원예종을 정원이나 화단에 자주 심는 것도 같은 이유인 듯싶다.

사과나무와 능금나무는 아주 비슷하다. 능금나무는 열매를 맺는 시기에 꽃받침 아랫부분이 불룩하고, 사과나무는 편평한 점이 다르다. 발칸반도가 원산지인 사과나무가 중국을 거쳐 우

사과

리나라로 들어오면서 능금나무라 불렀다고도 하는데 확실치
않다. 사과나무와 능금나무는 항상 우리 주변에 있는 것 같아
친근한 나무다. 두 종의 꽃은 봄의 전령으로, 열매는 만추를
알리는 상징으로 손색이 없을 정도로 풍성하다.

　1960년대에 집중된 능금을 주제로 한 가요는 주로 대구와 경
북 지역이 배경이라고 하며, 제목에 능금이 들어간 곡만 해도
어림잡아 12곡이다. 이영숙이 부른 '가을이 오기 전에'는 능금
이 익는 시기와 이별을, 선우영의 '능금꽃 피는 산골'은 가고픈
고향에 대한 그리움을, 송춘희의 '능금꽃'은 사랑이 시작되는

시기를 표현했다. 이에 비해 사과나무나 사과가 들어간 노래는 많지 않다. 두마음이 부른 '당신의 모든 것을'에서는 사랑하는 사람을 "탐스러운 사과처럼"이라 했고, 동요 '사과나무'는 가을철 사과의 색깔과 맛을 노랫말에 담았다.

학명은 사과나무가 *Malus pumila*, 능금나무가 *Malus asiatica*다. 속명 *Malus*는 '사과'를 뜻하는 그리스어 Malon에서 유래했다. 사과나무 종소명 *pumila*는 '키가 작다', 능금나무 종소명 *asiatica*는 '아시아에서 자란다'는 뜻이다. 노랫말에는 '사과' '사과나무' '능금' '능금꽃'으로 나온다. 꽃말은 사과나무는 '유혹', 능금나무는 '진정으로 사랑하는 사람'이다.

꿀밤나무에 도토리가 열린다?
참나무

상수리나무

어린 시절 친구들과 놀이에서 졌을 때 벌칙으로 꿀밤을 맞은 기억이 있다. 잘못 맞으면 기분이 상하기 쉬운데, 특히 부모님께 꾸지람 듣고 꿀밤을 맞으면 그렇게 서러울 수 없었다.

꿀밤나무가 있다기에 여태껏 들어보지 못한 식물 이름인가 싶어 사전을 찾았다. 상수리나무를 굴밤나무라고도 하며, 경상도에서는 굴밤나무를 꿀밤나무라고 한다고 나온다. 이 나무를 알려면 참나무와 도토리 이야기를 해야 한다. 우리나라에

도토리

참나무라는 나무는 없다. 대신 참나무과Fagaceae에 드는 참나무속Quercus은 있다. 참은 '진짜'라는 뜻이니 참나무는 진짜 나무다. 더 찾아보면 참나리, 참취, 참나물 등 식물뿐만 아니라 참다랑어, 참새, 참붕어 같은 동물도 있다. 모두 향기가 좋거나 맛있는 종류다.

참나무속 식물의 열매를 흔히 도토리라고 부른다. 그 속에 든 녹말로 도토리묵을 만든다. 이제 참나무와 꿀밤나무, 도토리의 연결 고리가 생겼다.

경상도에서는 왜 상수리나무를 꿀밤나무라고 했을까? 우리나라에 자라는 참나무속 식물은 11종이나 되는데 말이다. 남쪽 지역에서 주로 자라는 가시나무 종류를 제외하면 나머지는 전국적인 분포를 보인다. 이중 상수리나무와 가장 비슷한 종

굴참나무

류는 굴참나무다. 두 종은 잎이 밤나무처럼 생겼으며, 잎 가장
자리 톱니 끝이 바늘 모양으로 뾰족하고, 열매가 2년 만에 익
는 공통점이 있지만, 줄기와 잎에 털의 분포가 다르다. 굴참
나무 줄기 껍질은 상수리나무보다 코르크층이 발달하고, 이를
말려서 굴피집의 지붕 재료로 사용했다. 굴참나무 잎 뒷면에
는 흰색 별 모양 털이 많은데, 상수리나무는 잎맥이 교차하는
곳을 제외하면 털이 없거나 드문드문 보인다.

　박재홍이 부른 '울고 넘는 박달재'(1948년)는 남녀의 이별을
소재로 한다. 박달재 금봉이가 떠나는 임에게 도토리묵을 싸
서 허리춤에 달아주며 운다. 고구마나 감자도 아니고 도토리
묵이라니 좀 엉뚱하다는 생각이 든다. 충북 제천과 충주의 경
계에 있는 천등산(해발 807m)을 지나 맞은편 시랑산에 있는

박달재를 넘어가려면 그 거리만 8km라니 요깃거리를 준비하는 것은 당연하고, 도토리묵을 챙겼으니 그곳이 얼마나 시골이었는지 헤아릴 수 있다.

전래 동요 '왕 도토리'는 도토리가 장독으로 떨어지는 모습을, '도토리'는 도토리가 굴러온 곳을 재미있게 표현했다. 영국 동요 'Under the spreading chestnut tree'는 '커다란 꿀밤나무 밑에서'로 번안되어 고등학교 음악 교과서에 실렸다. 《한반도 자생식물 영어 이름 목록집》에 보면 chestnut는 밤나무속 Castanea을 뜻하는데, 왜 꿀밤나무로 번역했는지 모르겠다. 밤나무라면 원산지가 일본이므로 영국에 있을 리 없다. 영국을 포함한 유럽에 분포하는 밤나무속 식물을 찾아보니 *Castanea sativa*라는 종밖에 없는데, 영국에서는 이를 sweet chestnut, Spanish chestnut라 부른다고 한다. 제목이나 가사에 sweet가 있었으면 좋았겠는데 그렇지 않으니 문제다. 최종적으로 꿀밤나무를 상수리나무로 해야 할지, 밤나무 종류로 해야 할지 확신이 서지 않는다. 여기서는 우리나라를 기준으로 했으니 상수리나무로 설명한다.

상수리나무는 학명이 *Quercus acutissima*다. 속명 *Quercus*는 '나무 재질이 좋다'는 의미의 켈트어 quer와 '목재'라는 뜻이 있는 cuez의 합성어다. 종소명 *acutissima*는 '아주 뾰족하다'는 뜻이다. 노랫말에는 '참나무' '도토리' '꿀밤나무'로 나오며, 꽃말은 '번영'이다.

그 사람 이름은 잊었지만
마로니에(가시칠엽수)

머릿속 '마로니에'라는 단어는 춘천 시내 지하에 있던 카페 이름이다. 나지막한 소파에 오순도순 앉아 음악을 즐겼다. DJ 박스가 보이는 자리는 잘하면 신청곡을 몇 곡이나 선택받을 수 있어서 경쟁이 치열했다. 박건이 부른 '그 사람 이름은 잊었지만'(1972년)을 그곳에서 하루에 몇 시간씩 수십 번 들었다. 노랫말에 등장하는 마로니에 때문이다. 마로니에 잎이 지던 날 사랑하는 사람은 떠나갔고, 그날 청춘도 사랑도 마셔버렸다.

가시칠엽수 열매

지금도 마로니에 잎이 피고 지는데 떠난 임이 돌아온다는 소식이 없어 그리움만 쌓인다는 내용이다. 노랫말을 음미하면 시대 상황을 설명하는 것 같기도 하다. 당시 카페에는 최근 이별했거나 옛 연인을 잊지 못하는 사람들이 모여 북적였다. 노래를 듣다 보면 슬프고 애틋한 이별에 공감대가 형성되어 그 카페가 인기를 끈 모양이다. '칵테일 사랑'을 부른 마로니에라는 그룹도 있었다.

마로니에marronnier라는 단어는 '밤'을 뜻하는 프랑스어 marron에서 왔다. 씨가 밤이랑 비슷해서 붙은 이름이라고 한다. 흔히 마로니에라고 부르는 식물은 우리 이름으로 칠엽수 종류다. 작은잎 일곱 장이 긴 잎자루 끝에 모여 달려서 칠엽수라 했으며, 가끔 작은잎이 5~6장인 것도 있다. 칠엽수 종류가 우리나

칠엽수 열매

라에 들어온 시기는 일제강점기로, 현재 서울 대학로 마로니
에공원에서 자라는 나무도 그때 심은 것이다. 꽃과 잎이 아름
다워 아파트 공원이나 가로수로 많이 심었다.

  칠엽수속*Aesculus* 식물은 전 세계에 13종이 있고, 주로 인도와
일본, 중국, 유럽, 북아메리카에서 자란다. 우리나라에는 칠엽
수와 마로니에라고 부르는 가시칠엽수(서양칠엽수)를 관상용
으로 식재했다. 칠엽수는 지름 5cm인 둥근 열매가 세 부분으
로 갈라지며, 안쪽에 적갈색 씨가 들었다. 가시칠엽수는 지름
6cm 열매 겉에 가시가 있고, 밤 같은 씨가 들었다. 칠엽수와
가시칠엽수 모두 꽃은 흰 바탕에 붉은 점이 있다. 우리나라에
서 가장 크고 오래된 칠엽수 종류는 덕수궁에 있는 가시칠엽수
다. 1912년 고종황제의 회갑을 축하하기 위해 네덜란드 공사가

선물한 것으로, 석조전 서북쪽에 두 그루가 자란다.

박춘석이 작곡한 '황혼의 엘레지'는 마로니에 나뭇잎에 잔별이 지는 것을 보면 첫사랑의 시절이 생각난다고 했다. 마로니에 공원의 추억은 아닐까 추측해본다. 프랑스 파리의 샹젤리제는 마로니에 가로수가 유명하다. 20~30cm 원추꽃차례에 흰색과 붉은색이 어우러진 수많은 꽃이 매혹적이다. 단풍도 아름답다.

우리나라에 절로 나 자라는 식물 가운데 나무 모양이 예쁘고 꽃이 아름다운 나무가 있으면 얼마나 좋을까 싶다. 좀 모순 같지만 이런 조합을 상상해보자. 꽃과 꽃줄기는 미역줄나무, 잎은 도깨비부채, 단풍은 당단풍나무. 이를 합치면 한국판 마로니에가 되지 않을까 싶다.

마로니에, 즉 가시칠엽수는 학명이 *Aesculus hippocastanum*이다. 속명 *Aesculus*는 '먹다'를 뜻하는 라틴어 aescare에서 유래했다. 처음에는 참나무 종류의 이름이었으나, 식용이나 사료로 이용하는 열매의 특징이 커 의미가 바뀌었다. 종소명 *hippocastanum*은 '알밤 색깔과 비슷하다'는 뜻으로 씨의 색깔을 설명한다. 노랫말에는 '마로니에'로 나오며, 꽃말은 '사치스러움' '낭만' '정열'이다.

엄마 품처럼 포근한 솜이 피어나는

목화

목화는 1363년(공민왕 12) 원나라에 사신으로 간 문익점이 씨를 들여와 퍼졌다. 이후 목화는 가정집에서 이불을 만들기 위해 기본적으로 심어야 하는 고급 섬유작물 중 하나가 됐다. 더불어 솜틀집이 바빠졌고, 씨아(목화씨를 제거하는 기구)도 집에서 만들었다. 손잡이를 돌리며 열매에서 꺼낸 솜을 씨아에 집어넣으면 씨는 앞으로, 솜은 뒤로 나온다. 오래 사용한 씨아는 마찰로 인해 삐걱삐걱 소리가 났는데, 잠결에 그 소리에 깨면 어머니는 새벽부터 이 작업을 하고 계셨다.

목화 꽃이 활짝 핀 밭에 가면 전체가 연한 황색으로 보였다. 꽃잎 아랫부분이 흑적색을 띠어 아침 햇살이 퍼질 때나 석양이 질 때면 분위기가 최고다. 하사와병장이 부른 '목화밭'(1976년)에는 우리가 처음 만나고 사랑하고 이별하고 그리워서 찾아온 곳도 목화밭이라 했는데, 목화밭이 왜 이런 장소가 됐는지 알 것 같다.

목화는 재즈와 관련이 있다. 미국 남부 뉴올리언스에서 목화밭을 일구던 흑인 노예들이 부르던 영가와 블루스에 흑인 브라스밴드의 행진곡과 유럽의 클래식을 가미한 대중음악이 재즈다. 밴드의 주체에 따라 1940년대 이전에는 뉴올리언스재즈와 딕시랜드재즈로 나누기도 했지만, 지금은 통합해서 부른다. 재즈는 일반적으로 트럼펫과 트롬본이 포함된 빠르고 흥겨운 음악이 주를 이룬다.

중학교 음악 교과서에 실린 '딕시랜드'는 목화밭을 일구던 때 힘들었지만, 지금 생각하면 그때가 그리워 고향으로 돌아가자는 내용이다. 노랫말이 다소 슬퍼도 멜로디는 경쾌하다. 이 노래에 맞춰 스퀘어댄스를 춰보자며 악보 아래 그림과 함께 춤추는 방법까지 소개했다.

아욱과Malvaceae에 드는 목화는 무궁화나 부용같이 커다란 꽃을 피운다. 꽃잎 다섯 장이 서로 감싸며 기왓장처럼 포개져 아름답다. 꽃이 지면 오동나무 열매처럼 뾰족한 달걀모양 열매가 달린다. 이 뭉치를 입에 넣고 씹으면 단맛이 나고, 덜 익은

목화 터진 열매

씨가 씹히면서 솜은 뭉쳐져 껌 같은 느낌이었다. 자줏빛이 도
는 작은 꽃턱잎(포) 세 장이 꽃과 열매를 에워싸는데, 열매를
감싸는 꽃턱잎은 손깍지를 낀 모양이라 새끼를 사랑하는 동
물의 보호 본능을 보는 것 같다. 열매가 익어 껍질이 딱딱해
지다가 터지면 세 부분으로 갈라지고, 안쪽에는 씨와 함께 희
고 부드러운 솜뭉치가 들었다. 손으로 당겨보면 솜사탕을 뜯
는 것처럼 부드럽다.

　김용만이 부른 '청춘뽀−트'(1959년)는 제목처럼 경쾌한 곡이
다. 노랫말에 목화송이는 푸른 하늘에 떠다니는 하얀 구름으
로 표현했다. 꽃이 예뻐서인지 요즘은 목화를 화초처럼 재배
하기도 하고, 열매가 터져 솜뭉치가 붙은 듯 보이는 꽃줄기와
가지는 장식을 위한 재료로 활용한다고 한다. 한편으로 솜이

불에 대한 그리움은 점차 잊혀가는 듯해 아쉽다.

목화는 학명이 *Gossypium hirsutum*이다. 속명 *Gossypium*은 목화의 라틴어 이름으로, 익으면 배봉선이 열리는 삭과의 모양에 비유했다. 종소명 *hirsutum*은 '털이 많다'는 뜻이다. 노랫말에는 '목화' '목화밭' '목화송이'로 나오며, 꽃말은 '어머니의 사랑'이다.

풍성한 가을을 상징하는 알밤
밤나무

횡성에 있는 어머니 산소에 가려면 산속 잣나무 숲을 지나야 한다. 산행하다 보면 가끔 해발 1000m 근처에도 묘가 있는데, 예전에는 묘를 높은 곳에 쓰는 것이 효도라고 생각했다고 한다. 어머니 산소는 그리 높은 곳은 아니라도 산길을 10분 남짓 걸어야 한다. 한식 때는 봄이라 길이 훤히 보이지만, 여름이 지나면 숲이 우거져 여간 불편하지 않다. 추석이면 즐거운 길, 빨리 가고 싶은 길이 된다. 산길 주변에 밤나무가 있기 때

밤나무 수꽃

문이다. 36년 전 이곳에 처음 왔을 때는 크지 않았는데 이제 아름드리나무로 자랐다.

　식구들은 차례를 모시고 나면 큰할아버지 산소부터 세 곳으로 성묘하러 간다. 어머니가 계신 곳은 맨 나중에 가서 알밤을 주울 여유가 있다. 어느 해는 성묘 후 밤을 한 자루나 주웠다. 행복한 시간이었다. 해마다 이러면 좋겠다고 생각했다.

　노랫말에 등장하는 밤나무는 초등학교 음악 교과서에서 만날 수 있다. '군밤타령'은 군밤을 항상 좋다는 뜻으로 표현했고, '추석날'은 추석 명절의 풍성한 먹거리와 달맞이 놀이를 묘사했다. '파란 가을 하늘'은 제목에 나타나듯이 단풍잎, 밤 줍기, 따스운 햇빛 등 가을 풍경을 노래했다. 이처럼 노랫말을 보면 밤나무는 꽃보다 열매를 가치 있게 본 모양이다.

밤나무 꽃은 6월에 핀다. 수꽃은 새로 나온 가지 밑 부분 잎 겨드랑이에 꼬리처럼 길게 자란 꽃줄기에 여러 개가 달리고, 특유의 향기가 난다. 암꽃은 수꽃 꽃줄기 아래 세 개씩 모여 달리는데, 밤송이를 축소한 듯 보인다. 밤꽃에서 채취한 꿀은 플라보노이드 성분이 많아 면역력을 강화하고 항균 작용이 있어 인기다.

밤나무는 참나무과Fagaceae에 들어 쓰임새가 많다. 꽃은 꿀을 따는 밀원식물로, 열매는 식용으로 이용하기 때문이다. 평창 운교리 밤나무(천연기념물)는 현재까지 알려진 밤나무 가운데 가장 크고 오래된 나무(높이 14m, 둘레 6.4m, 수령 370년)로, 한창때는 밤을 3~4가마씩 수확했다고 한다.

마을에 있는 밤나무에 아람이 벌어지면 장대를 들고 밤을 털었다. 늦잠을 자고 나면 어른들이 새벽같이 일어나 밤중에 떨어진 밤을 모두 주운 뒤라, 내 차지는 없었다. 이럴 때 장대를 들고 나가 나무를 털면 어른들은 말리지 않았다. 장대를 휘두르다 보면 장대 끝에 걸린 밤송이가 우수수 떨어졌다. 이제 막 아람이 벌어지기 시작한 것부터 덜 여문 밤송이까지 다양했다. 한두 개는 꼭 머리 위로 떨어졌는데, 장대를 휘두르느라 힘을 쓴 나머지 피하지 못했다. 어른들이 밤나무 터는 것을 말리지 않은 이유가 바로 이 때문이다. 아파서 어쩔 줄 모르는 모습에 얼마나 즐거워하시던지 지금 생각해도 얄밉다. 음식을 먹어본 자만이 그 맛을 안다? 아니다. 밤송이에 맞아본 사람만이 그 아픔을 안다.

밤나무는 학명이 *Castanea crenata*다. 속명 *Castanea*는 고대 라틴어 이름으로, '밤'을 뜻하는 그리스어 castana에서 유래했다. 종소명 *crenata*는 '둥근 모양 톱니가 있다'는 뜻으로, 잎이 특징을 설명한다. 노랫말에는 '밤' '군밤'으로 나오며, 꽃말은 '호화로움'이다.

깨끗하고 청순한 꽃
배나무

식물 공부를 위해 30년 이상 전국을 부지런히 돌아다녔지만 아직 못 가본 곳이 많다. 오히려 제주도나 울릉도 같은 관광지는 실험 재료 수집이나 여러 가지 이유로 섭섭지 않게 다녀왔다. 울릉도는 대학 때 실험실 선배를 따라 첫걸음 한 뒤 지금까지 10여 차례 다녀와, 이제 관광 안내와 숲 해설을 해도 될 정도로 구석구석 잘 안다. 전에 울릉도에 가면 차를 타고 걷고 넘는 재미가 있었는데, 모두 포장길로 바뀌어서 좀 아쉽다. "여러 상황을 보면 일주도로가 완성된 지금이 가장 나쁘다"는 개인택시 기사님의 푸념 섞인 이야기가 잊히지 않는다.

딱 한 번 가봤는데 인상 깊게 남은 곳도 있다. 몇 년 전에 방문한 전남 나주다. 연구 과제 연차 보고회로 전국에서 모인 공동 연구자들과 연구 결과를 발표하고, 저녁에는 그동안 고생한 일을 서로 치하하며 친목을 도모했다. 나주 하면 곰탕과 배가 떠오른다. 흔한 음식과 과일 같지만 배는 좀 다르다. 나주시는 약 2200ha에서 배를 재배해, 우리나라 배 재배 면적의 17.5%를 차지한다. 재배하는 품종은 신고와 추황, 원황, 황금 등 크게 네 종류로, 신고가 85%나 된다.

나주배에 대한 기록은 1454년 《세종실록지리지》에 처음 등장하며, 재배는 1910년부터 본격적으로 시작했다. 나주배는 1929년 조선박람회에서 상을 받았고, 1967년부터 여러 나라에 수출 길이 열려 세계적인 과일이 됐다. 배는 기후와 토양, 지형 등 재배 환경이 맞아야 최고로 질이 좋은 과실을 생산할 수 있다고 한다. 연중 일평균 기온이 10°C 이상인 날이 215~240일, 유기질이 많고 배수성이 뛰어난 토양, 완만한 구릉지여야 하는데 나주는 모든 조건을 충족하는 최적의 장소다. 나주배의 특징을 한 문장으로 표현하라면 '껍질 색깔이 곱고 과육은 부드럽고 연하며 과즙이 많고 당도가 높다'고 말하고 싶다. 나주에 머무르는 동안 아침 식사로 곰탕을, 후식으로 배를 먹은 기억이 지금도 생생하다.

우리나라에서 절로 나 자라는 배나무속*Pyrus* 식물은 콩배나

배

무, 백운배나무, 돌배나무, 산돌배 등 4종이 있다. 현재 재배하는 품종은 크게 3종 중심이다. 일본 배는 돌배나무, 중국 배는 산돌배, 서양배Pyrus communis는 유럽과 아시아 서부에서 자라는 품종을 기본으로 개량한 것이다. 우리나라는 신고의 재배 면적이 가장 넓다. 1980년 이전에는 경기도 이남이 주산지였지만, 요즘은 전국에서 재배해 '배골' '배골마을'이라는 지명도 많이 생겼다.

동요 '나물 노래'는 자진모리장단에 맞춰 부르는데, "배가 아파 배나무"라는 표현이 나온다. 고등학교 음악 교과서에 실린 경상도 민요 '경주 꽃노래'는 하얀 배꽃이 다른 꽃보다 먼저 피는 "조동 띠기 꽃"이라 했다. 러시아 민요 '카추샤'는 "사과와 배 꽃이 향기롭게 피고 강가에 안개 피어오를 때"라고 하여 사랑하는 사람이 전쟁터로 떠나는 시기를 암시한다.

고려 후기 학자 매운당 이조년은 〈이화梨花에 월백月白하고〉에서 배꽃에 달빛이 비치고 은하수 가득한 깊은 밤 그리움에 잠 못 이루는 애절함을 표현했다. 낮에 보는 배꽃은 깨끗하고 순수하다. 햇살이 비치고 꽃이 활짝 열리면 날아오는 꿀벌도 또 다른 볼거리다. 모든 것이 자연의 조화다.

배나무 학명은 우리나라에서 가장 많이 재배하는 신고의 기본 종인 돌배나무Pyrus pyrifolia로 설명한다. 속명 Pyrus는 배나무의 라틴어 고명이며, Pirus라고도 한다. 종소명 pyrifolia는 '배나무 잎과 비슷하다'는 뜻이다. 노랫말에는 '배꽃' '배나무'로 나오며, 꽃말은 '환상'이다.

화무십일홍?
백일홍

화무십일홍花無十日紅은 꽃이 열흘 동안 붉게 피어 있는 경우는 없다는 말로, 부귀영화는 오래 누리기 어렵다는 뜻으로 쓰인다. 사실 100일 동안 붉은 꽃도 있다. 백일홍이다. 백일홍을 검색하니 나무가 가장 먼저 나온다. 식물을 잘 모르는 사람이라면 나무든 풀이든 상관없겠지만, 정확히 말해 백일홍은 풀이다. 모두 꽃이 오랫동안 피어 있다는 뜻에서 붙은 이름인데, 백일홍나무는 배롱나무를 달리 부르는 말이다. 꽃이 아름

배롱나무

답고 색깔도 다양해 우리나라 남쪽 지방에서 가로수나 관상용으로 많이 심는다. 이 나무는 조그만 자극에도 쉽게 흔들려 '간지럼 나무'라고도 한다.

풀에 속하는 백일홍은 백일초라고도 부른다. 긴 꽃줄기 끝에 지름 5~15cm 꽃이 하나씩 달린다. 원예 쪽에서는 꽃 크기에 따라 대륜, 중륜, 소륜으로 나눈다. 꽃 색깔은 원래 자주색이나 포도색이었는데, 원예 품종으로 개발한 뒤에는 녹색과 하늘색을 제외한 다양한 색으로 개량됐다.

백일홍에는 슬픈 전설이 있다. 옛날 어느 바닷가 마을에서 해마다 마을의 안녕을 위해 머리가 세 개인 이무기에게 처녀를 제물로 바쳤다. 그해에는 순수하고 착한 처녀 차례였는데, 한 청년이 제물 대신 가서 이무기를 처치하겠다고 했다. 청년이 현란한 칼 솜씨로 이무기의 머리 하나를 쉽게 잘랐고, 이무기는 패색이 짙어지자 도망가고 말았다.

처녀는 고마운 마음에 청년에게 청혼했으나, 청년은 전쟁을 치러야 하니 100일을 기다려달라고 했다. 처녀는 청년이 무사히 돌아오기를 바라며 매일 기도했다. 100일 뒤 마을로 돌아오던 청년은 이무기를 만나 다시 싸움을 벌였다. 청년이 결국 이겼지만, 배에 걸어둔 흰 깃발에 피가 튀어 붉은색으로 바뀌었다. 흰 깃발은 살아 돌아왔다는 표시, 붉은색은 전쟁에서 죽은 후 돌아오는 표시로 약속했기에 멀리서 붉은 깃발을 본 처녀는 스스로 목숨을 끊고 말았다. 마을로 돌아온 청년은 슬퍼하며 처녀를 양지바른 곳에 묻었고, 이듬해 그곳에 꽃 한 송이가 피어났다. 사람들은 100일 동안 기도한 처녀의 넋이 꽃으로 피어났다고 생각해 백일홍이라 불렀다고 한다.

백일홍이 등장하는 대표적인 곡은 고운봉의 '선창'(1941년)이다. 부둣가를 거닐며 헤어진 사람과 행복하던 시절을 추억하는 내용이다. 진방남이 노래한 '화물선 사랑'은 화물선을 타고 떠난 임이 돌아오지 않는 것을 한탄하며 그리움의 표시로 옷소매에 백일홍을 그렸다. 산울림이 부른 '백일홍'도 있다. 기쁜 일과 슬픈 일, 사라지고 잊히는 것은 모두 떠나보내자며 백일홍 꽃밭에서 들리는 피아노 소리와 나비의 모습을 표현하고, 그곳에 난 길을 따라 함께 걷자고 했다. 추억과 위로가 있는 곡이다.

이름이 비슷한 천일홍이란 식물도 있다. 열대 아메리카가 원산지로 비름과Amaranthaceae에 속한다. 백일홍은 멕시코가 원산지로 국화과Compositae에 들어 전혀 다르다. 1000일이면 약 2.7년 동안 붉은 꽃이 핀다는 애기인데, 천일홍은 한해살이풀이다. 그래도 실망할 필요는 없다. 향기가 100리나 1000리를 간다고 해서 이름 붙인 백리향과 천리향도 있으니 말이다. 오랫동안 우리 눈과 코를 즐겁게 해준다는 뜻으로 이해하면 된다.

백일홍은 아무에게도 관심을 받지 못하는 잡초 같은 신세였다고 한다. 그러나 인도와 프랑스, 영국, 미국 등 여러 나라 원예가의 손을 거쳐 지금 우리가 만나는 백일홍이 됐다. 들꽃이 새롭게 탈바꿈한 대표적인 예다. 우리나라 식물도 이런 기회가 있기를 기대한다.

백일홍은 학명이 *Zinnia elegans*다. 속명 *Zinnia*는 백일홍을 처음 발견한 독일 식물학자 요한 고트프리트 진Johann Gottfried Zinn의 이름에서 유래했다. 종소명 *elegans*는 '기품 있는'이라는 뜻이다. 노랫말에는 '백일홍'으로 나오며, 꽃말은 '인연' '순결' '그리움' '수다'다.

버릴 게 하나도 없는
뽕나무

뽕나무와 함께 떠오르는 단어는 누에, 번데기, 누에나방, 명주실 등이다. 누에는 알에서 깨어나 다 자랄 때까지 허물벗기를 위한 준비 기간을 의미하는 잠을 총 네 번 자야 한다. 이 단계를 '령'이라 표현하는데, 이를 계산하면 1~5령이다. 5령 말기가 되면 누에는 뽕잎을 먹지 않고 입에서 실을 토해 고치를 짓기 시작한다. 이때까지 걸리는 시간은 한 달 남짓이고, 땅콩과 비슷하게 생긴 하얀 고치를 완성하면 누에는 안에서 번데기가

뽕나무 열매, 오디

된다. 시간이 지나면 번데기는 나방으로 변하고 알을 낳는다.
누에의 한살이는 길지 않지만 여러 과정을 거친다.

뽕나무는 용도가 다양하다. 한의에서 뽕나무 뿌리껍질을 일
컫는 상백피桑白皮는 고혈압과 기관지염에, 가지인 상지桑枝는
신경통과 가려움증에, 잎인 상엽桑葉은 두통과 두드러기에, 열
매 상심자桑椹子는 불면증과 당뇨병을 치료하는 데 쓴다. 뽕나
무에서만 자라는 상황버섯도 항암 효과가 있는 것으로 알려져
있기다. 정말 뽕나무는 버릴 게 하나도 없다.

뽕나무에는 슬픈 전설이 있다. 바빌로니아에 살던 남녀가 사
랑에 빠졌다. 두 사람은 남의 눈을 피해 데이트를 즐기다가,
하루는 마을 어귀 뽕나무가 있는 곳에서 만나기로 했다. 먼저
도착한 남자는 뒤쫓던 사자가 무서워 도망쳤는데, 화가 난 사

자가 남자가 도망가면서 떨어뜨린 옷을 갈기갈기 찢어버리고
사라졌다. 늦게 도착한 여인은 남자의 옷을 보고 그 자리에서
목숨을 끊었다. 얼마 후 약속 장소로 돌아온 남자는 죽은 여인
을 보고 상심한 나머지 자기도 죽고 말았다. 그 후 흰색이던
뽕나무 열매가 검붉은 색으로 변했다고 한다. 못다 한 사랑의
간절함이 만든 변화로 풀이해본다.

'고향초'(1947년) 노랫말은 돈을 벌기 위해 고향을 버리고 서
울로 가는 현실을 안타까워하는 내용이다. 송민도가 발표한
뒤 여러 가수가 다시 불렀다. 노랫말 일부가 시대 상황에 맞
게 바뀌기도 했다. 예를 들어 처음 노랫말에는 장미꽃이 나오
지만, 1950년 이후 다른 가수가 부를 때는 목화꽃 혹은 찔레
꽃 등 주변에서 흔히 볼 수 있는 종류로 바꿔 친숙함을 더했
다. 뽕을 따는(던) 아가씨는 항상 똑같았는데, 누에를 치던 때
라 변화가 없었나 보다.

황금심이 부른 '뽕 따러 가세'(1959년)는 "앞집 큰 애기야 뽕
따러 가자"고 해서 마을 사람이 대부분 누에를 친다는 것을 간
접적으로 보여준다. 통계적으로 보면 우리나라는 1960~1970
년대 세계 잠사 생산국 가운데 상위 그룹에 들었다. 서울의 잠
실이란 지명도 '누에를 기르는 집'이란 뜻으로, 약 60년 전만 해
도 잠실에는 뽕나무밭과 누에를 키우는 집이 많았다.

요즘 춘천에는 뽕잎김밥이 인기다. 뽕나무가 여러 가지 약으
로 쓰인다는 점에 착안해서 만든 음식이다. 애막골 새벽 시장
이 열리는 곳에 가보면 줄이 가장 긴 집이다. 비법은 밥에 뽕

잎 가루를 섞는 것이다. 호기심에 사 먹는 사람도 있고, 산행하고 허기를 채우기 위해 방문하는 이가 많아 인기 메뉴가 됐다.

뽕나무 학명은 *Morus alba*다. 속명 *Morus*는 '검은색'을 뜻하는 켈트어 mor에서 유래했으며, 열매 색깔을 표현한다. 종소명 *alba*는 '흰색'을 의미한다. 노랫말에는 '뽕' '뽕나무'로 나오며, 꽃말은 '못 이룬 사랑' '지혜' '봉사'다.

이 도령과 춘향이도 먹은
수박

우리나라 사람들이 좋아하는 과일은 1위가 사과, 2위가 수박, 3위가 귤이라고 한다. 여름으로 한정하면 단연 수박이 최고다. 필자가 자란 시골에서 과일이란 기껏해야 토마토나 자두, 개복숭아, 대추가 전부여서 수박을 처음 맛보고 도시 사람들이나 먹는 과일인 줄 알았다. 수박이 제대로 자라기 위해서는 일정 기간 적정 온도가 유지돼야 한다. 우리나라 중부 이북 지방은 기온이 낮아 수박 재배 조건이 불충분한데, 마치 시골에 살아

수박

서 접하지 못한 것처럼 생각했다. 지금도 수박은 주로 남쪽 지방에서 재배해 함안, 고창, 창원이 유명하다.

수박은 4000여 년 전 고대이집트부터 재배했으며, 원산지는 열대 아프리카다. 우리나라에는 고려 충렬왕 때 홍다구라는 사람이 원나라에서 들여와 심었다. 그런데 홍다구는 고려를 배신하고 몽골로 귀화해 삼별초를 멸망시킨 반역자로 낙인찍혔고, 고려 말부터 조선 초기 선비들은 오랑캐 나라에서 왔다는 이유로 수박을 먹지 않았다고 한다.

수박이 나오는 가장 유명한 노래는 강산에가 만들고 부른 '할아버지와 수박'이다. 돌아가신 할아버지와 친구처럼 지내던 때, 하얀 수염이 매력적인 할아버지가 내기 장기에서 이겨 수박을 들고 오시고 큰기침으로 당신의 도착을 알리던 모습이 그립다는 내용이다. 돌이켜 보면 우리 할아버지도 항상 좋은 말씀으로 칭찬하고 웃어주시던 모습이 기억난다.

판소리 '춘향가' 중 '자진 사랑가'에 수박이 등장한다. 이 도령이 춘향에게 사랑을 고백하고 업고 노는 장면이다. 사랑하는 춘향의 모습을 이리 보아도 좋고 저리 보아도 좋다는 표현과 함께 먹을 것을 가지고 이야기하는 중에 수박이 나온다. "둥글둥글 수박 웃봉지 떼뜨리고 강릉 백청을 따르르르 부어 씰랑 발라버리고 붉은 점 움벅 떠 반간진수로 먹으랴느냐", 즉 수박 윗부분 껍질을 떼어내고 강릉에서 나는 좋은 꿀 강릉 백청을 붓고 씨를 발라낸 후 붉은색 부분만 움푹 떠 반쯤 남은 진한 국물을 먹고 싶으냐 묻는 대목이다.

초등학교 음악 교과서에 나오는 동요 '수박 장수' 노랫말은 수박 장사와 수박을 사러 온 사람이 질문하고 답하는 식이다. 수박밭을 갈러 가는 것부터 시작해 씨앗, 싹, 꽃, 열매로 자라는 과정이 나오고, 최종적으로 다 자랐으니 먹으면 되겠다는 완료형 문장으로 끝난다. 이 과정을 아홉 단계로 표현했으니 9절 노래라고 해도 좋겠다.

요즘 수박은 여름 대표 과일이라기보다 다양한 음료의 재료로 사용하는 경우가 많다. 이뇨 작용을 하는 시트룰린과 체내 유해 산소를 제거해주는 리코펜, 다양한 비타민이 풍부하기 때문이다. 최근에는 씨나 껍질에도 영양분이 많은 것으로 알려져 활용도가 더 높아졌다. 올해도 더위를 이기게 도와주는 수박의 역할을 기대한다.

수박은 학명이 *Citrullus vulgaris*다. 속명 *Citrullus*는 귤나무 속을 뜻하는 *Citrus*의 축소형이다. 종소명 *vulgaris*는 '보통의' '일반적인'이라는 뜻이다. 노랫말에는 '수박'으로 나오며, 꽃말은 '큰마음'이다.

동네 우물가에 있던
앵두나무

시골에서 나고 자란 사람 가운데 앵도나무로도 불리는 앵두나무를 모르는 이는 없을 것이다. 적어도 한 집에 한 그루는 있지 않았을까 싶다. 앵두가 올망졸망 탐스럽게 달리기 시작하면 빨갛게 익기만 기다렸는데, 그 시간이 왜 그리 길었는지 모르겠다.

　앵두 하면 장모님께 들은 아내 이야기를 하지 않을 수 없다. 아내가 초등학생 때 단독주택에 살았다고 한다. 장인어른과 장

앵두

모님 모두 정원이나 꽃 가꾸기를 좋아하셔서 마당 이곳저곳에 항상 꽃이 피었고, 한쪽 구석에는 앵두나무가 있었다. 앵두나무 꽃은 지름이 2cm 정도인데, 4월에 흰색이나 연분홍색으로 잎보다 먼저 피고 꽃자루가 짧아 가지에 다닥다닥 붙은 듯 보인다. 인심 좀 쓰면 매화꽃에 버금갈 만큼 예쁘다. 그러다 보니 하루에 한 번은 꽃이 핀 모습을 보며 즐거워했고, 작은 열매가 달리기 시작했을 때도 매일 나무를 살펴보셨다고 한다. 둥근 열매가 다 자라면 지름 1cm에 색깔은 녹색에서 노르스름한 색을 거쳐 빨간색이 된다. 잘 익은 열매는 말랑말랑하고 새콤달콤해 간식거리로 훌륭했다.

학교를 마치고 돌아온 아내는 마당에서 놀다가 앵두를 보고 노랗게 익어가는 열매를 한 줌 따서 먹었다. 아주 달지는 않아도 그럭저럭 먹을 만했다고 한다. 아내가 저녁 시간에 장모님께 이 이야기를 하니 잘 익을 때까지 기다리라고 타이르셨다. 이튿날 장모님이 이웃집에 마실 갔다 와보니 아내가 친구들과 함께 앵두를 모두 따서 바가지에 가득 담아놓았다. 장모님은 얼마나 아깝고 화가 나는지 아내를 꾸중한 다음 향나무에 새끼줄로 묶었다고 한다. 향나무 잎은 만지면 찔리니 꽤 아팠을 것이다. 아내는 바로 울음을 터뜨렸고, 어머니 말씀을 듣지 않은 벌을 톡톡히 받은 뒤에야 풀려났다고 한다. 장모님은 사랑하는 딸이 바늘잎에 찔릴까 봐 새끼줄을 엉성하게 묶었는데도 대성통곡을 했다니, 아내의 엄살이 아마 그때부터 생긴 모양이다.

중학교 음악 교과서에 나오는 풍장소리 '질꼬내기'는 진도에서 농부들이 부르는 노동요다. 흥겨운 가락에 생뚱맞게 붉은 앵두가 등장한다. 가요 '앵두나무 처녀'는 첫 부분에 앵두나무 우물가가 나오는데, 옛날 마을 집 근처의 모습을 보여준다. 이곳을 자주 이용하던 동네 처녀가 서울로 가버렸다는 내용이다. 최헌이 부른 '앵두'는 연인에게 들은 사랑한다는 말이 영원하기를 바라는 간절한 마음이 담겼다.

나이가 들면 밥 사 먹기 좋은 식당이 가깝고 아프면 금방 달려갈 병원 근처로 이사하라는 말이 있다. 처가 어른들은 평소 교외에 집을 짓고 텃밭을 가꾸고 강아지 키우며 살고 싶다고 하셨다. 비록 심은 종류보다 잡초가 많아도 땀 흘리는 즐거움과 수확의 행복을 바라신 것이다. 그러나 수십 년 동안 이사한 번 하지 않고 같은 곳에 사셨고, 이제 연세도 팔순을 넘겨 교외로 나갈 시기를 놓치고 말았다. 아쉽지만 늘 건강하시기를 바랄 뿐이다.

앵두나무 학명은 *Prunus tomentosa*다. 속명 *Prunus*는 '자두'를 뜻하는 라틴어 Plum에서 유래했다. 종소명 *tomentosa*는 '솜털이 많다'는 뜻으로 가지와 잎의 특징을 설명한다. 노랫말에는 '앵두' '앵두나무'로 나오며, 꽃말은 '수줍음'이다.

찌든 삶든 튀기든 국민 간식

옥수수

옥수수는 벼, 밀과 함께 세계 3대 식량 작물로 꼽힌다. 원산지는 남아메리카 북부 안데스산맥의 낮은 곳이나 멕시코로 알려졌고, 우리나라에는 16세기에 중국을 통해 들어온 것으로 추정한다. 옥수수는 심으면 특별한 일이 없는 한 열매가 달릴 때까지 잘 자란다. 열매 수확 후 마른 줄기는 소먹이로 주거나 뿌리와 함께 불쏘시개로 쓴다. 씨를 뿌리고 수확하기까지 석 달쯤 걸린다. 싹이 나면 하루가 다르게 쑥쑥 자란다.

옥수수

옥수수는 암꽃과 수꽃이 줄기에 같이 달린다. 줄기 맨 끝부분에 큰 원뿔 모양으로 난 것이 수꽃이삭(웅화수), 여기에 노란 꽃가루가 잔뜩 묻은 것이 수꽃이다. 시골에서는 수꽃이삭을 개꼬리라고 했다. 암꽃은 옥수수수염이라고 부르는 것이다. 수염 하나하나가 암꽃이며, 꽃의 수는 열매 개수와 같다.

옥수수는 풍매화이므로 꽃가루가 바람에 날리다 암술머리에 도착하면 꽃가루받이와 정받이가 되어 열매를 맺는다. 옥수수가 잘 여물었는지 덜 여물었는지는 암술에 해당하는 수염을 보면 알 수 있다. 잎겨드랑이에서 열매가 보이기 시작하면 수염은 연녹색을 띠고, 시간이 조금 더 지나면 열매가 커지면서 연붉은색이 되고, 최종적으로 진한 갈색으로 변하면서 끝부분부터 마른다. 이맘때 옥수수가 제일 맛있다. 갓 따서 찐 옥수수는 구수하고 담백하며, 두어 자루 먹으면 한 끼 식사가 될 정도로 포만감이 든다. 어릴 때는 옥수수로 하모니카를 불었다. 몇 줄 남은 것을 먹는 모습이 하모니카를 부는 것처럼 보여 그렇게 말했다. 동요 '옥수수 하모니카'에 이런 모습을 그대로 표현했다.

옥수수염이 바짝 마르면 알맹이가 딱딱해지는데, 이쯤 되면 모두 따서 잘 말린 다음 뻥튀기 재료로 사용한다. 뻥튀기 아저씨는 잘 말린 옥수수 한 대접과 사카린 한 숟가락을 기계에 넣고 빙글빙글 돌린다. 그 뒤에 쪼그리고 앉았다가 아저씨가 "뻥이요" 외치면 귀를 막고 기다렸다. 그물망을 벗어나 튀어나온 뻥튀기를 줍기 위해서다. 그렇게 주워 먹은 뻥튀기가 더 맛있었다. 시골 장날 튀긴 강냉이가 집에 도착하면 며칠 동안 구수한 향기가 방 안 가득했고, 잠자고 밥 먹는 시간을 제외하면 손에 강냉이 그릇이 있었다.

옥수수가 많은 사람에게 환영받으면서 노랫말에도 등장한다. 명국환이 부른 '백마야 울지 마라'에서는 고향이 생각나는 모습으로 옥수수가 익어가는 가을 벌판을 회상했으며, 사월과 오월이 부른 '욕심 없는 마음'에서는 먹고 싶은 것이 구운 옥수수라고 소박한 마음을 표현했다.

옥수수는 고구마보다 식이 섬유가 네 배나 많아 변비와 다이어트에 좋다. 씨눈에는 리놀렌산이 풍부해 콜레스테롤을 낮추고 혈관 질환 예방에 효과가 있다. 시골에 계신 아버지를 뵈러 수요일마다 고향을 방문한다. 옥수수가 익을 때면 아내의 주문이 많은데, 아침 일찍 딴 옥수수의 맛은 무엇과도 비교할 수 없다. 옥수수를 삶느냐 찌느냐로 아내와 다투기도 한다. 어렸을 때 기억에는 수증기로 쪘는데, 아내는 물에 담가 삶아야 한다는 것이다. 삶든 찌든 고향에서 가져온 옥수수는 그날 저녁이면 흔적도 없다. 아내는 옥수수로 세끼가 충분하기 때문이다. 덕분에 나는 옥수수 맛도 못 본 날이 허다하다.

옥수수 학명은 *Zea mays*다. 속명 *Zea*는 벼과 식물 중 밀의 종명으로 불리던 것을 식물학자 린네Carl von Linné가 속명으로 사용했다. 종소명 *mays*는 남아메리카에서 옥수수를 부르는 이름이다. 노랫말에는 '옥수수'로 나오고, 꽃말은 '재물' '보물'이다.

아는 사람에게는 봄이 그냥 지나가지 않는다
제비꽃

필자가 대학 신입생 때 학교 축제 마지막 날 저녁, '노래하는 음유시인'이라고 불린 조동진이 초대 가수로 대미를 장식했다. 대운동장 앞 큰길에 털썩 주저앉아 읊조리듯 부르는 노래를 듣는데, 마지막 곡이 '제비꽃'이었다. 평소 즐겨 부르고 좋아하는 곡이라 반가움이 더했다.

사실 노래는 좋아했어도 가요에 제비꽃이 등장한다는 게 의아했다. 제비꽃이 흔하고 보기 쉽고 개인적으로 좋아했지만,

호제비꽃

튀거나 화려하지 않은 식물이라 더 그랬다. 우리나라에는 40
종이 넘는 제비꽃 종류가 자라는데, 하필 제비꽃을 선택한 이
유를 몰랐기 때문이기도 하다.

　제비꽃이 자라는 근처에는 형태적으로 비슷한 호제비꽃, 털제
비꽃, 서울제비꽃 등 다양한 종류가 눈에 띈다. 사람들은 이런
종류의 차이점을 정확히 모르니 비교하고 넘어가자. 제비꽃과
가장 비슷한 호제비꽃은 꽃잎에 털이 없고, 잎과 꽃자루에 털
이 있다. 털제비꽃은 전체에 털이 있다. 서울제비꽃은 꽃이 연
자주색이고, 잎자루에 좁은 날개가 있다. '제비꽃'이 실린 조
동진의 3집 앨범 표지에 제비꽃 두 송이가 있다. 세밀화는 아
니지만 이름을 대라면 금방 제비꽃이라 할 정도다.

　우리나라에서 자라는 제비꽃 종류는 크게 두 가지 특징으로 나뉜다. 하나는 줄기 유무에 따라, 다른 하나는 노란색과 흰색, 보라색 등 꽃 색깔에 따라 큰 모둠을 만들 수 있다. 제비꽃처럼 줄기가 없는 종류는 상대적으로 꽃줄기가 긴데, 그러다 보니 장난감으로 많이 이용했다. 꽃줄기 전체를 잘라 꽃송이를 중심으로 손가락에 감아 묶으면 반지가 됐고, 제비꽃 노랫말에 나오듯 머리핀처럼 장식으로 사용하기도 했다.

제비꽃은 강남 간 제비가 돌아오는 4월경에 꽃이 핀다고 붙은 이름이다. 꽃 뒤쪽으로 튀어나온 꽃뿔(꿀주머니)이 오랑캐 머리 모양을 닮았다고 '오랑캐꽃', 키가 작아 '앉은뱅이꽃'이라고도 부른다.

양희은이 부른 '제비꽃에 대하여'(2001년)는 제비꽃을 주제로 사랑과 관심을 이야기한다. 제비꽃을 보며 데이트한 연인은 몇몇에 불과하겠지만, "제비꽃을 아는 사람에게는 봄이 그냥 지나가지 않고, 그 모습도 허리를 낮출 줄 아는 사람에게만 보인다"는 표현이 좋다. 우리가 배워야 할 겸손의 의미를 모두 갖춘 현명한 식물이다.

제비꽃은 학명이 *Viola mandshurica*다. 속명 *Viola*는 제비꽃을 가리키는 그리스의 옛 이름 이오네Ione에서 비롯됐다고 한다. 종소명 *mandshurica*는 '만주 지역에서 자란다'는 뜻이다. 노랫말에는 '제비꽃'만 등장하며, 꽃말은 꽃 색깔에 따라 다르다. 흰색은 '순진한 사랑', 노란색은 '행복', 보라색은 '성실과 고상한 취미'다.

최후의 만찬에 포도주가 오른 이유
포도

포도 하면 검붉은 껍질이 생각나지만, 녹색도 있다. 청포도다.
포도는 구연산과 유기산이 풍부해 피로 회복에 좋다.

미생물학을 전공한 대학 은사님께서 은퇴 후 포도 농사를 짓
고 근처에 와이너리를 만들어 꾸준히 연구하시는 모습을 보며
존경심이 더 커졌다. 와인 만들기를 좋아하시는 또 다른 교수
님께서 1년에 한 번쯤 와인을 주시는데 맛이 제법 훌륭하다.
병에 붙이는 상표도 직접 디자인하고 자기 이름으로 출시되는

와인을 보면 얼마나 행복할지 상상해본다.

전 세계에서 재배하는 포도 품종은 약 4만 종이라고 한다. 하지만 와인을 만드는 품종은 몇 가지에 불과하다니, 나머지 종류는 국가나 지역 특색에 맞는 형태로 재배하는 것이다. 와인 전문점에 가면 수많은 와인이 있고, 마셔보면 맛과 향도 다른 까닭을 알 것 같다.

노랫말에 등장하는 포도는 청포도가 많다. 도미가 부른 '청포도 사랑'(1956년)이 대표적이다. "파랑새 노래하는 청포도 넝쿨 아래로 예쁜 아가씨와 손잡고 걷다 보면 그윽한 포도 향기, 달콤한 첫사랑의 향기가 나고 파랗게 익어가는 포도는 청춘이 무르익는 열매"가 된다는 이야기다. 사랑하는 연인들이 펼치는 공연을 보는 느낌이다. 명국환이 노래한 '내 고향으로 마차는 간다'는 타지에서 마차를 타고 고향으로 돌아가는 모습을 그렸다. "밴조를 울리며, 깃발을 날리며, 황혼 빛 바라며 신이 나서 달리고, 구름이 둥실대는 고개를 넘고, 송아지 울고 있는 벌판을 지나, 청포도 무르익는 언덕을 넘어가면" 보이는 고향 근처의 풍광을 표현한다. 박자도 경쾌해 고향에 빨리 가고 싶은 충동을 일으킨다.

성경에 보면 포도는 일곱 가지 축복을 받은 식물 중 하나다. 〈창세기〉에는 사람이 처음으로 재배한 식물이 포도나무라 했고, 최후의 만찬에도 포도주가 나온다. 예수가 자신을 참 포도나무로 비유한 이야기와 물을 포도주로 만든 장면이 유명하다. 찬송가에는 열매보다 포도나무가 많이 나온다.

포도

요즘 대형 마트에 가면 샤인머스켓이라는 청포도 품종이 인기다. 껍질에 윤기가 나고 당도가 높으며, 씨가 없다. 과육이 아삭아삭하고 단단하며, 씹을수록 망고 향이 나서 '망고 포도'라고도 한다. 수확 시기가 포도 품종 가운데 가장 늦은 10월 중순이다 보니 값도 비싸다.

몇 년 전 미국에 있을 때, 멋있는 와인 잔을 사려고 유리 제품 파는 곳에 몇 번씩 들른 적이 있다. 와인을 그리 즐기진 않지만, 영화나 드라마에 보면 잔 부딪치는 소리가 어찌나 감미로운지 그 소리를 내보기 위해서였다. 빈 유리잔으로는 그 소리가 나지 않았고, 담는 양에 따라 소리가 달랐다. 3분의 1 정도 담았을 때 소리가 가장 좋았다. 사랑하는 가족과 즐거운 이야기를 나누는 자리라면 영롱한 소리가 나는 잔에 진한 와인을 따라 마셔도 좋겠다.

포도는 학명이 *Vitis vinifera*다. 속명 *Vitis*는 '생명'을 의미하는 라틴어 vita에서 유래했으며, 종소명 *vinifera*는 '포도주를 만든다'는 뜻이다. 노랫말에는 '청포도' '포도나무'로 나오며, 꽃말은 '박애'다.

사시나무 떨듯?
포플러

식목일은 1872년 미국 네브래스카주에서 시작해 전 세계로 펴졌다. 우리나라는 1949년 4월 5일 대통령령으로 식목일을 지정했다. 초기에는 나무가 땔감으로 사용되고 전쟁을 치르면서 황폐해진 지역을 우선 회복하기 위해 식목일을 공휴일로 지정해 나무 심기를 독려했는데, 어느 정도 산림이 풍부해졌다는 판단 때문인지 2006년부터 공휴일에서 제외했다.

학창 시절 식목일 무렵이면 운동장 한쪽에 묘목이 속속 도

사시나무 잎

착하고, 당일에는 모든 학생과 선생님이 한두 명씩 조를 짜 여기저기에 나무를 심었다. 가장 많이 심은 포플러 종류는 줄기가 흰색이나 회색이고, 특이한 향이 나서 금방 눈에 띄었다. 속성수라 환경이 좋지 못한 나대지나 골짜기에 심기 안성맞춤이고, 공해나 오염 물질을 제거하고 정화하는 능력이 뛰어나 가로수로도 심었다. 고향 집 앞으로 지나가는 국도 5호선 옆 골짜기에 10m 남짓 자란 포플러를 볼 때마다 중학생 때 식목일이 생각난다.

포플러는 버드나무과Salicaceae 사시나무속Populus 식물을 부르는 이름이며, '사시나무 떨듯'이라는 표현으로 우리에게 익숙하다. 사시나무는 바람이 거의 불지 않거나 아주 약한 바람에도 잎이 잘 흔들리는데, 잎 크기에 비해 긴 잎자루(1~5cm) 때문이다. 미류나무와 이태리포플러, 은백양도 사시나무속에 들며, 강원도 이북 깊은 산이나 계곡에 절로 나 자라는 황철나무와 물황철나무 등도 마찬가지다.

포플러가 등장하는 노래는 대체로 흥겹고 노랫말도 긍정적이다. 장세정이 부른 '즐거운 목장'(1953년)은 제목처럼 양 떼를 몰고 목장을 한 바퀴 돌면서 보는 풍경을 그렸다. 포플러 그늘에 앉아 쉬면서 듣는 종달새 노래도 즐겁다. 전쟁의 아픔이 최고조에 이른 시기였지만, 밝은 노래로 사람들을 잠시나마 위로하는 의미인 듯하다. 박재란이 부른 '밀짚모자 목장 아가씨'(1964년)는 포플러 그늘로 양 떼를 몰고 가는 아가씨의 모습을 노래했다. 이예린의 '포플러나무 아래'(1994년)는 포플러 아래에서 추억에 젖어보면 너에 대한 그리움이 가득하다는 애틋한 노랫말을 경쾌한 멜로디로 표현해 인기를 끌었다. 동요 '개구리 소리'는 도랑물 옆 긴 둑 따라 포플러 신작로 따라 개구리가 운다는 내용으로, 굿거리장단에 맞춰 부르는 곡이다.

포플러 종류는 대부분 3~4월에 꽃이 피고 5월에 열매를 맺어 봄 식물에 든다. 꽃은 암꽃과 수꽃이 버드나무 꽃차례처럼 길게 늘어진다. 열매가 터지면 하얀 솜털 안에 씨가 있어 바람에 날아간다. 눈병을 일으키는 원인이 된다고 싫어하는 사람도 있지만, 살랑살랑 불어오는 봄바람과 함께 씨가 날아가는 모습을 보면 전형적인 봄의 풍광 같다. 그 시간이 지나면 또 새로운 식물이 등장할 것이다. 세상의 순리대로.

포플러의 학명은 속명에 따라 사시나무로 설명한다. 사시나무 학명은 *Populus tremula* var. *davidiana*다. 속명 *Populus*는 라틴어 populus나 popplum에서 기원했으며, 종소명 *tremula*는 '흔들린다'는 뜻이다. 변종 소명 *davidiana*는 식물 채집가이자 선교사였던 프랑스인 아르망 다비드Armand David를 기리기 위한 것이다. 노랫말에는 '포프라' '포플라' '포플러' '포플러나무'로 나오며, 꽃말은 '비탄' '애석'이다.

가을이 감처럼 익어간다

감나무

어머니가 오일장에서 사다 주신 감을 맛본 것은 초등학생 때 같다. 호랑이가 제일 무서워하는 곶감이 감으로 만든다는 건 알았지만, 감나무가 어떻게 생겼는지도 몰랐다. 강원도 횡성 골짜기는 너무 추워 감나무가 살지 못했기 때문이다.

지금은 집 앞 정원에 감나무가 두 그루 있다. 일부 줄기가 얼어 죽은 적도 몇 번 있지만, 나름 겨울 준비를 위해 노력한 덕분에 그럭저럭 견딘다. 예전에는 겨울을 지나기 위해 볏짚으

감

로 줄기와 가지를 감쌌는데, 요즘은 수도꼭지나 하수도관 보온용으로 나온 은박지 보온재를 사용한다. 유난히 추운 겨울이 지나고 봄이 오면 집에 있는 감나무에서 과연 싹이 나올지 가족 모두 눈여겨보곤 했다. 싹이 나와도 꽃이 피고 열매 맺기는 쉽지 않아, 여태껏 감이 달린 것을 본 적이 없다. 감꽃이 피고 감이 익어가는 모습을 보고 싶기도 하고, 정말 그러면 어쩌나 걱정도 된다. 기후변화를 체감하는 게 두렵다.

감나무의 정취는 푸른 잎이나 5~6월 황백색 꽃이 필 때보다 주황색 열매가 달린 가을이 제격이다. 나무 가득 주렁주렁 달린 감이 추석을 전후해서 익기 때문이다. 명절을 쇠러 할아버지 댁을 방문한 손주들과 함께 장대로 잘 익은 감을 따는 모습을 방송에서 보면 시샘이 난다. 동요 '파란 가을 하늘'에도 가

고욤

을이 감처럼 익어간다는 표현으로 수확의 계절을 의미하는 상
징처럼 사용했다.

감나무는 감나무과Ebenaceae에 들며, 우리나라에는 고욤나무
를 포함해 두 종류가 자란다. 주로 심거나 재배하는 종류로 식
물도감에는 모두 경기 이남에서 자란다고 나오지만, 요즘은 훨
씬 북쪽에서도 겨울나기가 가능해 기후변화를 실감한다. 감나
무 종류의 재배 기록은 1138년(고려 인종 16) 고욤나무에 대한
내용에서 찾아볼 수 있다. 1470년(조선 성종 1)에는 감을 다르
게 부르는 '건시' '수정시'에 관한 내용이 나온다.

감나무는 수령이 200~300년으로 알려져 장수목으로 유명
한 느티나무, 향나무, 음나무에 비하면 그리 길지 않다. 의령
백곡리 감나무(천연기념물)는 수령 450여 년으로 가장 오래된

개체다. 높이 28m에 가슴 높이 둘레 4m나 되며, 지난 10여 년 동안 열매를 맺지 못하다가 최근 주변 토양을 비옥하게 해주니 다시 감이 달리기 시작해 기사화된 적이 있다. 보은 용곡리 고욤나무(천연기념물)는 높이 18m, 가슴 높이 둘레 2.8m에 수령 약 250년이다. 우리나라 고욤나무 중에서 가장 크고 오래된 개체로 알려졌으며, 마을 당산나무로 보존된다.

고욤나무는 추위에 강해 감나무 밑나무(대목)로 많이 쓰인다. 어린 가지에 회색 털이 있고, 잎 뒷면이 대부분 흰빛을 띠는 녹색이다. 열매는 지름 1.5~2cm로 작고, 10월에 노란색에서 검은색으로 익어 감나무와 구별된다. '고욤 일흔이 감 하나만 못하다'는 속담이 있다. 좋지 못한 것이 아무리 많아도 훌륭한 것 하나보다 쓸모가 없다는 이야기다.

동요에서 감나무는 주로 한글을 쉽게 익히기 위해 쓰였다. 감나무의 자음이 'ㄱ'이므로 가장 먼저 등장한다. 굿거리장단의 경기민요 '한글 풀이'에서는 "가갸 거겨 가다 보니 감나무요"라 했고, 나무 노래라는 부제가 붙은 전래 동요 '가자 가자 감나무'에도 제목처럼 가장 먼저 나와 어린이들이 알기 쉽다.

감나무 학명은 *Diospyros kaki*다. 속명 *Diospyros*는 '제우스(유피테르)'를 뜻하는 그리스어 Dios와 '곡물'을 뜻하는 pyros의 합성어인데, 신이 먹는 과일로 그 맛을 찬양하여 붙인 이름이다. 종소명 *kaki*는 '감'을 의미하는 일본어다. 노랫말에는 '감나무' '감'으로 나오고, 꽃말은 '경의' '소박함' '자애'다.

백이와 숙제가 먹었다는
고사리

'고사리밥 같은 손'은 어린아이의 여리고 포동포동한 손을 비유적으로 이르는 말이다. 고사리밥이 '새로 돋아난 고사리에서 주먹 모양으로 돌돌 말려 뭉쳐진 잎'을 뜻하기 때문이다.

고사리는 성장이 시작되면 하루가 다르다. 처음에 올라온 줄기처럼 보이는 잎자루 끝부분의 어린잎은 곱게 빗질해서 땋아 올린 듯 단정한 모습이다. 한 뼘 정도 자란 뒤에는 단정한 모양이 풀어지듯, 주먹 쥔 손을 서서히 펴듯 잎이 펴지면서 젖혀

176

고사리 새순

져 자란다. 이런 모양을 식물학적으로 권상개엽卷狀開葉이라고
한다. 생물의 진화를 이야기할 때 잎이 이런 식물은 원시적인
종류로 취급한다. 씨를 맺는 소나무 종류 가운데 소철을 하등
하게 보는 것도 이런 특징 때문이다.

　고사리를 나물로 먹으려면 잎이 펴지기 전이어야 한다. 뾰
족하게 올라온 잎자루 밑을 잡고 젖히면 '톡' 소리와 함께 꺾인
다. 그래서 고사리를 채취할 때 '자르다' 대신 '꺾다'라는 표현
을 쓴다. 노래에도 이런 단어가 등장한다. 초등학교 음악 교과
서에 실린 '고사리 꺾자'는 전라도 민요다. 자진모리장단이라
전래 놀이도 할 수 있다. "고사리 대사리 꺾자"는 노랫말에서
대사리는 굵은 고사리를 의미한다. 전래 동요 '나물 노래'는 나

물로 사용하는 식물 이름을 재미있게 표현했다. "꼬불꼬불 고사리"라는 노랫말로 보아 어렸을 때 잎자루 끝부분 모양 같다.

고사리는 꽃이 피는 식물과 달리 홀씨(포자)로 번식한다. 종류에 따라 다양한 홀씨는 대부분 잎 뒷면에 둥글거나 갈고리, '1 자형'으로 달린다. 고사리 홀씨는 잎 가장자리에 돌아가며 분포한다. 홀씨로 번식하는 고사리 종류는 통틀어 양치식물羊齒植物이라고 부른다. 작은잎 조각이 깃털 혹은 양의 이빨처럼 갈라졌다고 붙은 이름이다. 양치식물은 육지에 처음 정착한 식물이며, 고생대에 나타나 현재 열대를 중심으로 전 세계에 1만여 종이 분포한다. 국립수목원 통계에 따르면 우리나라에는 21과 258종이 자라며, 제주도에 가장 많은 종류가 있다.

식용 고사리 종류는 고사리와 고비가 대표적이다. 특이한 맛 때문에 사람마다 선호도가 다르지만, 고사리를 더 많이 활용하는 것 같다. 고사리 소비가 증가함에 따라 재배하는 곳이 늘고 있다. 고사리 잎은 공기 정화 능력이 뛰어나 관상용으로 키우는 집도 많다.

사마천의《사기》에 고사리와 관련한 이야기가 나온다. 백이와 숙제는 중국 상나라가 망한 뒤 주나라 백성이 되는 것을 부끄러이 여겨 수양산에 숨어 들어가 고사리를 먹으며 살다가 굶어 죽었다는 이야기다. 지금도 백이와 숙제는 굶어 죽을지언정 절개를 지키는 충신의 대명사다.

제주도에서는 자주 내리던 봄비가 그치는 4월쯤이면 고사리가 잘 자라, 그때를 '고사리 장마철'이라고 부른다. 고사리라

고비

는 지명도 여러 곳이다. 이 정도면 고사리를 전천후 식물이라
해도 지나치지 않다. 화려한 꽃이 없어도 다시 봐줄 일이다.

　고사리 학명은 *Pteridium aquilinum* var. *latiusculum*이다. 속
명 *Pteridium*은 '날개'를 뜻하는 그리스어 pteron의 축소형으로
갈라진 잎 모양을 표현한 듯하며, '*Pteris*속과 비슷하다'는 뜻
도 있다. 종소명 *aquilinum*은 '독수리 같은' 혹은 '굽었다'는 표
현이며, 변종 소명 *latiusculum*은 '상당히 넓다'는 뜻이다. 노랫
말에는 '고사리'로 나오며, 꽃이 없어 꽃말도 없다.

나무가 아닌
대나무

대나무라는 나무는 없다. 대나무 종류가 포함된 벼과Gramineae
식물 중 대나무아과Bambusoideae에 드는 종류를 통틀어 부르는
이름이다. 우리나라에는 왕대속, 해장죽속, 조릿대속 등 3속
11종이 분포하는 것으로 알려졌다. 노랫말에는 특정한 종류를
지칭하지 않고 대나무로 나오니, 여기서는 이를 대표 이름으
로 설명한다.

　서울 이북에 살다 보니 대나무가 어떻게 생겼는지 몰랐다.

오죽

기껏해야 뒷동산에 있는 조릿대가 전부였는데, 살아 있는 모습을 처음 본 것은 강릉 오죽헌에서다. 비닐 우산대는 줄기가 말라서 누런색을 띠지만 살아 있는 것은 녹색으로 알고 있었는데, 처음 만난 대나무 줄기가 검은색이라 신기했다. 이 지역에서 자라는 오죽이다. 대나무가 소금, 죽순, 다 자란 나무를 이용한 요리 등 식재료나 요리 기구 등 다양하게 쓰이고 크게 자라는 것도 처음 알았다.

　모 은행 광고에 나온 적이 있는 모소 대나무는 중국 동부 지방에서 자란다. 씨를 뿌리고 싹이 튼 뒤 4년 동안 3cm가 자라지만, 5년이 되는 해부터 매일 30cm씩 자라 6주 만에 15m가 넘는다고 한다. 한 번에 폭발적으로 성장하기 위해 4년을 준비한 셈이다. 철저한 준비성과 인내를 상징으로 광고에 쓴 모양이다.

이름에 나무가 들어가지만, 사실 대나무는 풀이다. 부름켜라는 분열조직이 없어서 줄기가 굵어지지 못하고 위로 자란다. 겉껍질이 딱딱한 조직이라 나무라는 이름이 붙었다. 대나무는 평생 한 번 꽃을 피운다. 나이가 같은 개체가 일제히 꽃 피우고 열매를 맺은 다음 한꺼번에 죽는데, 그 기간은 30년, 60년, 100년 등 종류에 따라 다르다. 우리나라에서 재배하는 대나무는 왕대와 솜대가 주요 종이고, 전라도와 경상도가 약 90%를 차지한다. 전체 재배 면적은 8000ha, 최대 재배지는 담양이다.

초등학교 음악 교과서에 나오는 동요 '만파식적'에서 대나무는 신령스러워 피리를 만들어 불면 신비한 일이 생긴다고 했다. 만파식적은《삼국사기》《삼국유사》에 나오는 설화다. 죽어서 바다의 용이 된 신라 문무왕과 하늘의 신이 된 김유신이 마음을 모아 작은 섬에 대나무를 보냈다. 당시 나라가 어수선했는데 대나무를 베어 만든 피리를 부니 적군이 물러가고, 돌림병이 나았으며, 바다 물결이 평온해졌다고 한다. 문무왕과 김유신이 죽어서도 나라의 근심과 걱정을 해결해준다는 내용이다. 전라도 민요 '줄 메는 소리'는 메기는 소리와 받는 소리가 반복된다. 하늘에는 별이 총총, 대나무 밭에는 잎이 총총하다고 밤과 낮 풍광을 줄 메는 소리에 빗대 표현했다.

대나무 학명은 아과 이름이 포함된 왕대로 설명한다. 왕대
학명은 *Phyllostachys bambusoides*다. 속명 *Phyllostachys*는 '잎'
과 '이삭'을 뜻하는 그리스어 phyllon과 stachys의 합성어로, 벼
과 식물의 꽃차례 특징을 설명한다. 종소명 *bambusoides*는 '참
대와 비슷하다'는 뜻이다. 노랫말에는 '대나무' '대밭'으로 나오
며, 꽃말은 '정절'이다.

대추 한 알 마주 물고 다짐한 사랑

대추나무

집 주변에서 가장 흔한 과일나무를 들라면 단연 대추나무다. 시골 마을에는 집집마다 적어도 한 개체씩 있다. 주렁주렁 매달린 녹색 풋열매가 조금씩 붉은색으로 익어갈 때면 단맛이 제대로 올라온다. 어릴 적 까치발을 하고 손을 뻗어 딸 수 있는 높이에 달린 대추가 첫 번째 표적이었고, 시간이 갈수록 간식용 대추는 내 시야에서 멀어졌다. 가끔 던져주는 걸 받아먹는 재미에 형님들 꽁무니만 따라다닌 기억도 난다.

풋대추

대추가 완전히 적갈색으로 바뀌면 아버지는 대추나무를 털라고 하셨다. 바닥에 널따란 거적을 깔고 장대로 나뭇가지를 사정없이 치면 대추가 우수수 떨어졌다. 가장 높은 곳에 있는 대추를 따려면 나무로 올라가야 했다. 잎과 함께 떨어진 대추를 모아 벌레가 먹은 흔적이 있거나 모양이 이상한 것은 골라낸다. 아버지는 가끔 멀쩡해 보이는 대추를 먹으라고 주셨는데, 그 안에 반드시 대추벌레(대추작은나비 애벌레)가 있었다. 한입 깨물다가 혼비백산해서 집어 던지는 모습에 가족이 한바탕 웃음꽃을 피웠다. 행복한 어린 시절 기억이다.

요란한 과정을 거쳐 말린 대추는 명절 제사나 삼계탕을 끓일 때 썼다. 겨울이면 감기 예방을 위해 큰 주전자에 대추를 넣고 끓인 물을 꾸준히 마셨다. 대추는 각종 당과 아미노산, 비타민, 유기산 등이 풍부해 근육 강화, 간 보호, 종양 치료, 알레르기 진정에 효과가 있는 것으로 알려졌다.

우리나라에서 흔히 만나는 대추나무는 두 종류가 있다. 묏대추나무는 턱잎이 변해서 생긴 약 3cm 가시가 있고, 타원형이나 둥그런 열매는 길이 1.5~2.5cm다. 대추나무는 키가 크고 가시는 흔적만 있으며, 타원형 열매는 길이 2.5~3.5cm에 수분이 많다. 요즘은 달걀만 한 열매가 달리는 개량종을 많이 재배한다. 모양과 크기에 따라 계란대추, 슈퍼대추, 왕대추, 사과대추 등 이름도 다양하다.

동요 '추석날'에 밤과 대추, 송편을 즐거운 명절에 먹는 것으로 들었으니 대추는 우리와 친숙한 과일이다. '가시버시 사랑'(금나영 작사, 이병욱 작곡)이란 노래가 있다. 가시버시는 부부를 낮잡아 이르는 말인데, 노랫말은 결혼을 축하하는 내용이다. "대추 한 알 마주 물고 다짐한 사랑"은 영원한 사랑을 뜻한다. 결혼 축하곡에 대추가 등장하는 까닭은 폐백과 관련 있다. 폐백에서 절을 받은 집안 어른들은 신랑 신부에게 덕담을 하며 아들딸 많이 낳으라고 대추와 밤을 던져준다. 이는 우리나라의 전통 같지만, 중국에서 전래한 것이라고 한다.

결혼식 날 폐백이 끝나면 사진사가 다양한 연출을 요구한다. 그 자리에는 신랑 신부와 집안의 또래, 친한 친구 몇몇이 있다. 사진사는 신랑이 신부를 업거나 안으라고도 했는데, 서로 술을 한잔씩 권하고 대추 하나로 안주를 먹여주는 것이 하이라이트다. 이때 입술이 닿지 않고 줘야 한다. 닿으면 진짜 뽀뽀하는 벌칙이 있다. 우리 부부도 그랬는데 이 사진이 없다. 사진사가 결혼식 사진을 모두 망쳤기 때문이다. 30년이 지나도 서운하다.

대추나무 학명은 *Zizyphus jujuba* var. *inermis*다. 속명 *Zizyphus*는 아랍 이름 zizonf가 그리스 이름 zizyphon이 되고, 다시 현대 이름으로 바뀌어 속명이 됐다. 종소명 *jujuba*는 아랍 이름이며, 변종 소명 *inermis*는 '찌르는 가시가 없다'는 뜻이다. 노랫말에는 '대추'로 나오고, 꽃말은 '처음 만남'이다.

노란 꽃이 피면 호박, 흰 꽃이 피면

박

《흥부전》에서 슬근슬근 톱질하다 금은보화가 쏟아졌다는 박은 필자가 어릴 때만 해도 우리 동네 초가지붕에 많았다. 초등학교에 들어가기 전이어서 그랬는지 무척 컸다. 완전히 여문 박은 겉껍질이 아주 딱딱해서 금속을 자르는 데 쓰는 쇠톱으로 켜야 했다. 반으로 자른 박은 속을 파내고 물에 삶은 뒤 잘 말리면 오랫동안 쓸 수 있는 바가지가 됐다.

남도민요 '아들 타령'에서 박꽃은 벙실벙실 웃는 잘생긴 아

박

들의 모습을, 수달은 아들의 용감함을 표현했다. 박의 열매 모양은 품종마다 조금씩 다르다. 동그란 것과 가운데가 잘록한 호리병처럼 생긴 것이 가장 먼저 떠오른다. 초등학교 1학년 음악 교과서에 실린 전래 동요 '이 박 저 박'에 곤지박, 조롱박, 난두박, 대롱박이 나오는데 조롱박을 제외하면 실재하는 종류인지 모르겠다. 박으로 만든 바가지는 여러 가지로 사용했다. 전통주를 파는 가게에서는 단지에 담긴 막걸리나 동동주에 표주박이 함께 나왔는데, 운치 있고 맛도 좋았다.

　함진아비가 마른오징어를 얼굴에 쓰고 함을 팔러 갈 때, 신부 집 문 앞에 엎어놓은 바가지를 힘껏 밟아 깨뜨리고 들어갔다. 결혼 후 첫아들을 낳으라는 의미와 바가지 깨지는 소리가 근처에 있는 귀신을 쫓아내는 뜻이 있다고 한다. 바가지를 들고 가위바위보나 퀴즈 맞히기를 해서 바가지가 깨지도록 머리를 치는 벌칙을 주는 놀이도 했다. 껍질이 얇아 가볍게 쳐도 산산 조각이 나는 바가지가 있는가 하면, 몇 번을 내리쳐도 멀쩡한 바가지가 있었다. 얼마나 아팠는지 지금도 기억이 생생하다.

식물은 대부분 낮에 꽃이 피는데, 박은 저녁에 피어 꽃잎이 수평으로 퍼졌다가 아침에 져서 꽃가루받이에 제한이 있다. 박의 꽃가루받이를 돕는 곤충은 박각시나방이다. 잘 지은 이름이다. 모양은 제트기처럼 생겼고, 전체적으로 회색에 가깝지만 배 쪽에 검은색과 붉은색, 흰색 줄무늬가 있다. 박이 고마워해야 하는지, 박각시나방이 고마워해야 하는지 몰라도 잘 만난 단짝이다.

박은 지름 5~10cm 흰 꽃이 잎겨드랑이에 한 개씩 달린다. 암꽃과 수꽃이 따로 피고, 수꽃은 꽃자루가 길다. 박은 인도와 아프리카가 원산지로 한해살이가 많다. 전체에 짧은 털이 있고, 마디나 줄기 끝이 덩굴손으로 변해 다른 물체를 감고 올라간다. 멀리서 보면 호박 덩굴 같지만, 호박꽃은 노란색이라 구별하기 쉽다.

호박이나 박은 박과Cucurbitaceae에 드는 공통점이 있지만, 속屬이 다르다. 호박꽃은 예쁘지 않은 여자를 비유적으로 이르는 말로 쓰이기도 하는데, 예쁘기로 따지면 호박꽃만 한 것도 없다. 박꽃은 흰색이라 순수함을 표현하는 긍정적인 의미로 사용되고, 모두 예쁜 꽃이다.

호박꽃

박은 학명이 *Lagenaria leucantha*다. 속명 *Lagenaria*는 '항아리' '단지'를 뜻하는 라틴어 lagenos에서 유래했고, 열매 모양을 표현한다. 종소명 *leucantha*는 '흰 꽃이 핀다'는 뜻이다. 노랫말에는 '박꽃' '조롱박'으로 나오며, 꽃말은 알려진 것이 없다.

손톱에 꽃물 들이고 첫눈을 기다리던
봉선화

봉선화와 봉숭아는 같은 식물인데 국가표준식물목록에는 봉선화가 바른 이름으로 나온다. 봉선화의 영어 이름은 'Touch me not(나를 건드리지 마세요)'이다. 잘 익은 봉선화 열매는 살짝 건드리기만 해도 껍질이 뒤틀리며 터지는 탄력으로 깨알만 한 황갈색 씨가 튕겨 나오기 때문에 붙은 이름이다.

봉선화에 얽힌 전설은 좀 슬프다. 옛날 올림포스산에 있는 궁전에서 잔치가 벌어졌다. 초대된 신에게는 황금 사과를 한 개

봉선화 열매

씩 선물로 줄 예정이었고, 심술궂은 어떤 신이 장난으로 사과 한 개를 숨겨놓았다. 황금 사과가 없어진 사실을 안 진행자는 음식을 나르던 한 여인이 사과를 훔쳤다고 생각해 쫓아버렸다. 그녀는 결백을 주장하기 위해 무던히 노력했으나 받아들여지지 않고, 마음고생하다가 죽고 말았다. 이후 그녀는 봉선화로 다시 태어났다고 한다. 봉선화 열매는 껍질이 뒤틀리며 터져서 속을 드러내는 듯 보이는데, 사람들은 그 여인이 결백을 주장하는 위해 애쓰는 모습으로 여겨 더 측은해했다고 한다.

봉선화 꽃물을 들이려면 잘 자란 잎과 붉은 꽃에 백반을 넣고 찧어 손톱에 올리고 천 조각으로 덮은 뒤 무명실로 감는다.

아침에 일어나면 손톱은 물론 주변 피부까지 붉은색을 띠었다. 손톱에 들인 봉선화 꽃물이 첫눈이 올 때까지 남아 있으면 첫사랑이 이뤄진다는 이야기가 있다.

봉선화 줄기를 가지고 놀기도 했다. 줄기에 톡톡 튀어나온 마디가 아주 부드러운데, 손으로 누르면 물이 흐를 정도로 수분이 많았다. 손가락으로 힘을 너무 주는 바람에 줄기가 꺾여 어머니한테 혼이 난 기억도 있다. 봉선화로 여러 가지 놀이를 한 이유는 집 근처에 심어 흔했기 때문이다.

봉선화와 관련된 가장 유명한 노래는 시인 김형준이 작사하고 홍난파가 곡을 붙인 가곡 '봉선화'(1920년)다. 울타리 밑에 있던 봉선화가 화려하게 꽃 피었다가 시들어가는 모습이 일제 치하에 핍박받는 우리 민족의 모습과 비슷해 "네 모양이 처량하다"고 표현했다. 마지막에는 모든 것이 잘못돼도 혼이 있으니 화창한 봄바람에 환생하기를 바란다는 희망 섞인 문장으로 끝난다.

박은옥이 만들고 노래한 '봉숭아'는 가버린 임이 돌아오길 바라는 마음을 그렸다. "손톱 끝에 봉숭아 지기 전에"라는 표현을 거듭해 간절함을 드러냈다. 현철이 부른 '봉선화 연정'도 있다. "손대면 톡 하고 터질 것만 같은 그대"를 봉선화라 부르고 싶다고 했다. 그리움과 외로움이 크지만, 너의 고백에 가슴이 뜨거워져 그 기쁨은 터지는 화산처럼 막을 수 없다고도 했다.

우리나라 전국 방방곡곡 습지에서 절로 나 자라는 봉선화 종류가 있다. 자주색과 흰색, 노란색 꽃이 무리 지어 핀 모습이 장관이다. 열매 맺을 시기에 여러 개체가 모여 자라는 곳에 가면 열매가 툭툭 터지는 소리와 씨가 튀어 나가 잎에 부딪히는 소리가 들린다. 자연의 소리다.

인도와 동남아시아 원산인 봉선화는 관상용으로 재배하는 한해살이풀이다. 요즘은 꽃 색깔이 여러 가지인 품종이 있는데, 가장 눈에 들어오는 꽃은 역시 붉은색이다. 어렸을 때 어머니와 함께 손톱에 꽃물 들이던 기억 때문인 것 같다.

봉선화는 학명이 *Impatiens balsamina*다. 속명 *Impatiens*는 '참지 못한다'를 뜻하는 라틴어 impatient에서 유래했는데, 열매를 건드리면 터지는 특징을 설명한다. 종소명 *balsamina*는 발삼유를 만들기 때문에 붙인 이름이다. 노랫말에는 '봉선화' '봉숭아'로 나오며, 꽃말은 '나를 건드리지 마세요' '성급한 판단'이다.

수수

생일이면 수수팥떡을 해주시던 어머니

어렸을 때는 꽃이 피기 전에 옥수수와 수수를 구별하지 못했다. 길이 50~60cm에 너비 6cm나 되는 잎이 위아래로 나풀거리고, 2m 정도 자라는 수수는 멀리서 보면 옥수수와 비슷하다. 수수 농사가 재미없어서인지, 다른 대체 작물 수입이 더 좋아서인지 요즘은 재배 농가가 드물다.

　우리나라에서 수수를 가장 많이 재배하는 지역은 충북이고, 강원도는 영월과 정선이 전부인 모양이다. 이 동네 오일장에 가면 다양한 먹거리와 볼거리 중 수수부꾸미가 제일 유명하다. 찹쌀과 수수 가루를 섞은 반죽을 납작하게 만들어 기름 두른 프라이팬에 지진 다음 팥소를 올리고 반 접어 익힌 향토 음식이다. 담백하고 달콤하고 고소한 추억의 음식이라 그런지 어르신들이 특히 좋아하신다.

수수는 고량주를 담그는 재료다. 중국에서는 고량高粱, 로속蘆粟, 촉서蜀黍라고 하는데, 촉서의 중국어 발음이 수수다. 고량주는 알코올 농도 30~65%에 이르고, 40%가 일반적이다. 목구멍이 타들어 가듯 독해도 다음 날 숙취가 없어서 자주 마신다. 과음하거나 다른 술을 섞어 마시는 날은 이만저만 불편하지 않다. 그걸 알면서도 끊지 못하는 이유가 뭘까?

수수가 등장하는 노래는 초등학교 음악 교과서에 있지 않을까 했는데, 의외로 대중가요에서 찾았다. 수연이 부른 '언덕에 앉아'(1980년)는 사랑한 사람과 추억을 이야기한다. 수수밭 사이로 소슬바람 부는 언덕에 앉아 함께 별을 세던 일과 그대가 예쁜 꽃반지 만들어주던 모습을 기억한다는 내용이다. 소꿉장난하던 친구들이 사랑이라는 감정을 알았을 때의 풋풋한 시절이 떠오른다. 박재홍이 노래한 영화 주제가 '유정천리'(1959년)에서는 고향 풍경을 감자 심고 수수 심는 두메산골로 표현했다. 한국전쟁으로 헤어진 가족의 슬픔을 담은 곡이라는데, 나중에 노랫말을 바꿔 불러 4·19혁명에 기여했다고 한다.

수수는 원추꽃차례에 꽃이 여러 개 달린다. 작은 꽃차례는 돌려나듯 하고 익으면 꽃줄기가 구부러져 지팡이 손잡이처럼 된다. 수확 철이 되면 수수 이삭을 잘라 한 움큼씩 묶고, 두 묶음을 'X 자형'으로 엮어 툇마루 앞에 빨래 널듯이 걸었다. 대문에 들어와 그 광경을 보노라면 안 먹어도 배가 부를 만큼 행복했다. 열매를 거두면 빈 꽃차례만 남는데, 끝이 가늘고 부드러워 여러 개를 묶어서 방비로 썼다. 이런 일은 농기계를 수리하고 모든 것을 뚝딱 만드는 할아버지가 하셨다.

생일이면 어머니가 수수팥떡을 해주셨다. 의술이 신통치 않아 병이 많던 시절에는 전통이나 집안 나름의 방법으로 치료하기도 했다. 수수팥떡은 치료보다 붉은색이 액운을 들지 않게 하고 잡귀를 쫓아낸다고 알려져 아이들의 건강을 기원하는 의미로 생일마다 해주신 것이다. 케이크에 촛불을 붙여 축하하는 요즘과 사뭇 다른 모습이다. 돌아오는 아들의 생일에는 아내에게 케이크 대신 수수팥떡을 주문해봐야겠다. 예전에 떡을 해주시던 어머니를 생각하면서.

수수는 학명이 *Sorghum bicolor*다. 속명 *Sorghum*은 사탕수수의 옛 이름 sorgo에서 유래했으며, 종소명 *bicolor*는 '두 가지 색이 있다'는 뜻이다. 노랫말에는 '수수'로 나오며, 꽃말은 '풍요'다.

새빨간 단풍잎, 샛노란 은행잎
은행나무

은행나무는 신생대에 번성한 겉씨식물이어서 '살아 있는 화석'이라 불린다. 단풍이 노랗게 물드는 가을에 가장 보기 좋은데, 그렇다고 가을이 되기까지 변하는 모습을 간과해선 안 된다. 봄이면 짧은 가지 끝에 손톱만 한 잎이 몇 장 모여나, 겨울을 삭막하게 보낸 사람들의 눈에 생동감을 불어넣는다. 이 잎이 자라서 부채꼴로 활짝 열리면 나무는 어느새 녹색 옷으로 갈아입은 듯 단정하게 변한다.

은행나무 열매

　은행나무는 암나무와 수나무가 따로 있는데, 겉으로 봐서는 구별이 쉽지 않다. 봄비가 오거나 봄바람이 불면 꽃이 떨어지는 모습을 보고 판단할 수 있다. 수꽃은 꽃차례가 자작나무나 메타세쿼이아처럼 꼬리 모양으로 늘어져 눈에 띄지만, 암꽃은 가지 끝에 꽃줄기 6~7개가 하늘을 향해 꼿꼿이 서고 주변에 잎이 많아 보기 어렵다.

　여름에 구슬만 한 녹색 열매가 주렁주렁 매달리고, 가을로 갈수록 열매껍질이 노란색이 된다. 잎도 짧은 시간에 녹색에서 노란색으로 변한다. 요즘 은행나무가 가로수에서 밀려나는 까닭은 열매의 고약한 냄새 때문인데, 이는 씨를 위한 전략이다. 씨는 세 층으로 보호된다. 가장 안쪽은 갈색 얇은 막으로, 가운데는 딱딱한 껍데기로, 겉껍질은 종의種衣로 과육 부분이

영월 하송리 은행나무

시궁창 냄새가 나서 아무도 거들떠보지 않는다.

은행나무는 오래 사는 나무다. 보호수나 노거수의 가치 때문에 천연기념물로 지정된 나무도 24개체나 된다. 영월 하송리 은행나무(천연기념물)는 수령 1200년 정도로 우리나라에서 가장 오래된 은행나무다. 양평 용문사 은행나무(천연기념물)는 덩치가 가장 크다. 높이 42m, 밑동 둘레 15.2m, 가지는 동서로 28m에 남북으로 28.4m 퍼졌고, 나무가 차지하는 총면적이 260m²나 된다고 한다. 수령은 약 1100년이다. 신라 경순왕의 아들 마의태자가 나라를 잃은 슬픔을 안고 금강산으로 가다가 심었다는 이야기, 의상대사가 짚고 다니던 은행나무 지팡이를 꽂아놓은 것이 자라서 지금에 이른다는 전설이 있다. 세종이 당상 직첩을 내렸다고도 하고, 나무를 훼손하면 줄기에서 피가 나오고 맑은 하늘에서 천둥이 쳤으며, 나라에 좋지 않은 일이 벌어질 때마다 큰 소리를 냈다고 한다. 지금도 나무 앞에 서면 위엄이 느껴지고 신령스러운 느낌마저 든다.

가을 은행나무에 대한 예찬은 문정선이 부른 '나의 노래'(1971년)에 잘 나타난다. 노랫말에 샛노란 은행잎, 새빨간 단풍잎, 낙엽처럼 가을을 떠올리는 단어가 나온다. 낙엽은 "이 세상에 태어나 당신을 사랑하다 후회 없이 돌아가는 이 몸"으로 표현해 슬픔을 극대화했다. 이 곡은 1972년 방영한 드라마 〈새엄마〉에 삽입돼 인기를 끌었다. 초등학교 음악 교과서에 실린 동요 '가을바람'은 두 곡인데, 모두 가을바람에 뱅글뱅글 팔랑팔랑 떨어지는 단풍잎과 은행잎이 노랫말에 나온다.

은행나무 학명은 *Ginkgo biloba*다. 속명 *Ginkgo*는 은행의 일본어 발음에서 유래했다. 종소명 *biloba*는 '두 개로 약하게 갈라진다'는 뜻으로, 잎의 특징을 설명한다. 노랫말에는 '은행잎' '은행나무' '은행 이파리'로 나오며, 꽃말은 '장수'다.

하얗게 밤을 지새우며 당신을 기다리는
자작나무

우리나라에서 자라는 나무는 대개 줄기가 어두운색이다. 그런데 오대산, 설악산, 점봉산 등 강원도 이북 지방 높은 산에 가면 8부 능선쯤에서 키가 크고 줄기가 흰색이나 회백색, 회갈색인 나무 군락이 눈에 띈다. 대부분 자작나무속*Betula*에 드는 나무로, 줄기나 가지를 말려 불을 때면 자작자작 소리를 내며 탄다고 이름 붙인 종류다. 대표적인 예로 사스래나무, 자작나무, 만주자작나무가 있다. 이 종류는 잎의 측맥 수, 열매 길이,

씨에 붙은 날개의 크기 등으로 구별하는데, 변이가 심해 헷갈리는 사람이 많다.

　강원도 인제군 원대리에 자작나무 숲이 있다. 이곳은 소나무 숲이었는데, 어느 해 솔잎혹파리 영향으로 나무가 고사하는 바람에 25ha에 자라던 소나무를 모두 베어버렸다. 1989~1996년 이곳에 자작나무 약 70만 그루를 심었다. 이 숲은 탐방로, 숲속 교실, 생태 연못 등을 갖추고 2012년부터 일반에 개방했다. 2017년 제17회 '아름다운 숲 전국대회'에서 아름다운 공존상(우수상)을 수상한 이 숲에 많은 사람의 발길이 이어진다. 자작나무 숲은 계절별로 풍광이 다르다. 봄은 흰 줄기와 수줍은 듯 뾰족하게 얼굴을 내미는 새싹의 조화, 여름은 숲을 메우는 녹색 잎과 흰 줄기의 조화, 가을은 단풍과 낙엽, 나무 사이로 비치는 만추의 햇살과 조화, 겨울은 흰 눈과 모두 내려놓은 듯 아무것도 없는 줄기의 조화다.

　자작나무는 화려해 보이지만 노래에서는 슬픈 의미로 많이 쓰였다. 이동원이 부른 '애인'(1986년)은 장석주 시인이 발표한 동명 시에 최종혁이 곡을 붙였다. 떠난 사람이 돌아온다면 다시 사랑하겠다며 그리움을 노래한다. 사랑하는 사람은 "어둠 내린 흰 뜰의 한 그루 자작나무"로 표현했는데, 어둠 속에 하얗게 빛나는 사람을 자작나무에 비유한 것 같다. 이어 "그대 새벽하늘 울다 지친 길 잃은 작은 별"이라고 했으니 연인이 돌아오기를 기다리는 간절함이 드러난다.

　자작나무 종류는 벗겨지는 줄기 껍질을 불쏘시개나 지붕을

덮는 재료로 쓰고, 단단한 줄기로 농기구를 만들기도 했다. 최근에는 어린줄기와 가지를 말린 다음 만든 잎과 열매를 단 장식품이 자주 보이는데, 모두 줄기의 특이성 때문이다. 자작나무에서 추출하는 자일리톨은 껌, 치약, 사탕, 음료 등에 설탕 대신 단맛을 내는 감미료 역할을 하고, 충치를 예방하는 효과도 있어 인기다.

천마총에서 발굴한 천마도는 교과서에 실려 누구나 아는 그림이다. 말이 하늘을 나는 모습은 지금 봐도 아름답다. 천마도가 흥미로운 점은 말안장 양쪽에 늘어뜨려 튀는 흙을 막는 장니(말다래)에 그린 그림이고, 자작나무에 그렸다는 것이다. 자작나무는 당시 신라 권역에서는 자라지 않는 나무로, 신라가 북방에 있는 나라와 활발하게 교역했음을 알 수 있다.

자작나무 학명은 *Betula pendula*다. 속명 *Betula*는 고대 라틴어 이름으로 켈트어 betu에서 유래했다. 종소명 *pendula*는 '처지다'라는 뜻으로, 수꽃과 열매가 늘어지는 모습을 표현한다. 노랫말에는 '자작나무'로 나오며, 꽃말은 '당신을 기다립니다'이다.

행운을 가져다주는 네 잎
토끼풀(클로버)

나른하고 머리가 무거워지는 오후가 되면 학교 잔디밭에서 허리를 굽히고 풀을 뽑는 선배 교수님이 계셨다. 그분을 따라 여러 번 풀을 뽑은 적이 있다. 잔디밭에 가장 많은 씀바귀는 꽃줄기와 잎을 한꺼번에 잡아 살며시 당기면 뿌리째 뽑혔다. 이외에도 서양민들레, 꽃마리 같은 종류가 나오고 사라지는 일이 반복됐다. 흔히 클로버라고 하는 토끼풀은 눈엣가시였다. 줄기 밑부분에서 갈라진 가지가 옆으로 기어가며 자라고 마디에서

206

뿌리가 나와, 마디 전체를 뽑지 않으면 남은 부분에서 새로운 개체가 생겨 헛일이 되기 때문이다. 요즘 외떡잎식물은 살리고 쌍떡잎식물만 죽이는 제초제가 있다는데, 여전히 풀 뽑는 작업을 사람들이 하는 것을 보면 제초제에도 한계가 있는 모양이다.

토끼풀은 유럽이 원산인 여러해살이풀로 목초용으로 재배하기도 한다. 하트 모양 작은잎 세 장이 긴 잎자루에 모여나고, 꽃자루 끝에 흰 꽃 여러 개가 모여 만든 산형꽃차례가 특징이다. 간혹 작은잎 네 장이 달린 토끼풀도 있는데, 사람들은 이를 행운의 상징으로 여겨, 잘 말려 코팅해서 책갈피로 사용하거나 선물하기도 한다. 박영신이 작사·작곡한 동요 '네 잎 클로버'(1996년)에도 "이슬 먹고 피어난 네 잎 클로버, 행운을 가져다준다는 수줍은 얼굴의 미소"라는 표현이 나온다.

꽃 뭉치는 여러 가지로 활용했다. 꽃줄기가 20~30cm로 어른의 손목도 감을 수 있어, 꽃시계를 만들면 남녀노소가 좋아했다. 반지를 만들거나 여러 개를 엮어 꽃목걸이를 만들기도 했다. 아빠는 아이에게, 엄마는 아빠에게 예쁜 선물로 만들어줬다. 동요 '토끼풀'(2000년)은 지금까지 이야기한 내용이 모두 있고, 친구에 대한 그리움이 느껴지는 경쾌한 곡이다.

토끼풀은 잔디밭에서 애물단지 취급을 받지만, 놀이 재료로 충분한 식물이다. 토끼풀이 자라는 곳은 해가 잘 드는 빈터가 많다. 쓰지 않는 학교 운동장이 최적지다. 모든 것 내려놓고 편히 앉아 네 잎, 다섯 잎 등 행운을 찾아보고 싶다.

붉은토끼풀

　우리나라에서 자라는 토끼풀 종류는 달구지풀, 원산지가 유럽인 붉은토끼풀이 있다. 모양으로 보면 붉은토끼풀이 토끼풀과 비슷하다. 붉은토끼풀은 전체에 털이 있고 줄기가 곧추서며, 꽃은 붉은 자주색이고 꽃자루가 짧다.

　토끼풀 학명은 *Trifolium repens*다. 속명 *Trifolium*은 '세 개'를 뜻하는 그리스어 tries와 '잎'을 의미하는 라틴어 folium의 합성어로, '잎이 세 장 있다'는 뜻이다. 종소명 *repens*는 '기어가다'라는 의미로, 옆으로 뻗는 줄기를 표현한다. 노랫말에는 '토끼풀' '클로버'로 나오고, 꽃말은 '나를 생각해주세요'다.

잎이 넓어
플라타너스

고등학생 때 학교 주변에서 가장 인상 깊은 것은 햄버거 집과 가로수인 플라타너스였다. 졸업한 지 40년이 지났는데도 햄버거 집은 위치가 조금 내려갔을 뿐, 같은 주인이 같은 메뉴로 운영한다. 채소샐러드를 많이 넣어 담백한 가정식 햄버거를 만드는 집으로 식욕이 왕성한 고등학생에게는 조금 부족한 양이었지만, 점심과 저녁때가 되면 줄을 서야 했다. 가끔 들러 예전 이야기를 하면 주인 할머니가 아주 좋아하신다.

학교에서 남서쪽으로 곧게 난 2차선 도로 양쪽에 늘어선 플라타너스는 어른이 두 팔로 안아야 할 정도로 굵었다. 여름이 지날 때쯤이면 가지를 서로 얽어맨 듯 자라 커다란 나무 터널이 만들어졌다. 졸업하고 한참 지나 아이들과 함께 걸으면서 그곳이 얼마나 운치 있고 행복을 주는 장소인지 알았다. 곧게 뻗은 도로 주변에 차를 세우고 그늘 속 가득한 나뭇잎의 은은한 향기를 맡으며 걷는 기분은 말 그대로 삼삼하다. 백설희가 부른 '딸 칠 형제'(1958년)에서도 "플라타너스 향기 퍼지는 그늘을 거쳐 달려가는 청춘의 꽃수레는 젊은 꿈, 연분홍 로맨스, 행복을 싣고 간다"고 했다.

가을이면 낙엽도 볼거리다. 책받침만 한 잎이 바람에 날리듯 떨어지는 모습과 낙엽을 밟았을 때 나는 소리는 스산한 가을의 적적함을 달래줄 보약 같았다. 플라타너스를 '낭만 나무'라고 부른 이유를 알 듯하다. 김현승 시인이 쓴 〈플라타너스〉도 이해가 된다. 푸른하늘이 부른 '꿈에서 본 거리'(1991년)에 나오는 "빨간 벽돌 길모퉁이에서 바라본 플라타너스"가 떠나간 사랑을 생각나게 하는 것은 두말할 나위 없고.

그러던 어느 날 학교 주변 플라타너스가 모두 잘렸다. 이 나무를 가로수로 심은 이유는 공기를 정화하는 기능 때문인데, 꽃가루가 눈병을 일으키는 원인으로 지목되어 애물단지가 된 것이다. 아무리 생각해도 아쉽다. 그 후에도 주변에서 자주 본 아름드리나무는 자취를 감췄고, 지금은 가로수가 이팝나무나 벚나무 종류로 교체됐다.

양버즘나무 줄기

　플라타너스라고 불리는 나무의 우리 이름은 버즘나무다. 못 살고 못 먹던 시절 백선균이나 피부사상균 등으로 아이들 얼굴에 하얗게 일어나던 피부 질환을 버짐(버즘은 버짐의 사투리)이라 했는데, 플라타너스의 줄기 껍질이 비슷해 보여 붙은 이름이다. 우리나라에는 플라타너스 종류가 세 가지 있다. 몇 개로 갈라지는 잎 조각에서 가운데 것이 가장 길고 탁구공만 한 열매가 2~6개 달리면 버즘나무, 갈라진 가운데 잎이 길이보다 폭이 넓고 열매가 한 개씩 달리면 양버즘나무, 가운데 잎 조각의 길이와 폭이 비슷하고 열매가 두 개 혹은 드물게 한 개나 세 개 달리면 단풍버즘나무다.

　초등학생 때는 플라타너스를 '방울나무'라 불렀는데, 친구들과 방울처럼 생긴 열매로 장난치곤 했다. 열매 표면에 갈고리

양버즘나무 열매

같은 암술머리가 그대로 남아 맞으면 훨씬 더 아팠다. 가위바
위보에서 몇 번 지면 이마가 불그스레해졌다. 그래도 친구들
과 함께한 시간이었기에 행복한 추억이다.

플라타너스 학명은 가장 흔하게 식재된 양버즘나무로 한다.
양버즘나무 학명은 *Platanus occidentalis*다. 속명 *Platanus*는 '넓
다'를 뜻하는 그리스어 platys에서 유래했고, 잎의 특징을 설명
한다. 종소명 *occidentalis*는 '서쪽' '서부'를 뜻한다. 노랫말에는
'플라타너스'로 나오며, 꽃말은 '천재' '휴식'이다.

사랑은 언제나 그 자리에

해바라기

대학생 때 하숙비와 용돈이 통장으로 입금되는 날이면 음반 가게로 갔다. 당시 인기 있는 가수가 여럿이었지만 특별히 심금을 울리는 목소리와 화음으로 마음을 사로잡은 남성 듀오가 해바라기였다. 필자는 해바라기 음반이 발매될 때마다 사 모았다. 요즘은 CD나 USB로 음악을 듣거나 음원 사이트에서 직접 곡을 구입해 내려받는 등 노래를 듣는 여러 가지 방법이 있지만, 1980년대만 해도 검은색 레코드판이 전부였다. 엘피판을 한 장 한 장 늘려가는 재미가 쏠쏠했다.

어느 주말, 거실 구석에 덩그러니 놓인 레코드플레이어 뚜껑을 열었다. 언제 넣었는지 해바라기 3집이 있었다. 가운데 해바라기 꽃이 그려진 음반을 보며 옛 생각이 났다. '사랑은 언제나 그 자리에' '내 마음의 보석 상자' 등 익숙한 노래가 거실을 채웠다.

해바라기는 어렸을 때부터 집 근처에 몇 개체씩 심은 것을 본 터라 생소한 종류는 아니다. 크고 동그랗고 주변을 노랗게 꾸민 듯한 꽃 뭉치가 밝게 웃는 모습 같다. 이 꽃 뭉치는 두 가지 꽃이 모인 것으로, 가장자리의 노란 꽃은 혀꽃인데 중성이어서 열매는 맺지 못한다. 안쪽에 꽃잎이 없는 듯 보이는 꽃은 하나하나가 통꽃인데, 색깔은 갈색이나 황색이며 암술과 수술이 있어 열매를 맺는다.

해바라기가 등장하는 노랫말은 대부분 지극한 사랑을 이야기한다. 유심초가 부른 '나는 바람 그대는 해바라기'(1985년)는 멜로디는 슬프지만, 노랫말은 무슨 일이 있어도 사랑하겠다는 내용이다. 심수봉이 만들고 부른 '비나리'(2003년)도 마찬가지다. 비나리는 사전적으로 '걸립패가 마당굿에서 곡식과 돈을 받아놓고 외는 고사 문서나 그것을 외는 사람'을 뜻하는 말이었으나, 점차 뜻이 바뀌어 '앞길의 행복을 빌어주는 말'로 쓰인다. 이 곡은 사랑하는 사람이 영원히 곁에서 함께해주길 기원하는 마음을 그렸다. "따사로운 그대 눈빛 따라 도는 해바라기처럼 그대를 향한 사랑이란 작은 배가 바다로 띄워졌으니 그 사람을 영원히 사랑하게 해줘요"라는 내용이다. 심수봉의 호소력 있는 목소리가 노랫말을 더 절절하게 한다. 같은 음반에 있는 '해바라기'도 비슷한 분위기다.

프로야구 경기 중계를 보면 감독이나 선수들이 우물우물하다 뭔가 계속 뱉는 모습이 눈에 띈다. 해바라기 씨 껍질을 이로 벗겨서 뱉고 고소한 씨만 먹는 것이다. 해바라기 씨는 불포화지방산이 풍부해 여러 질환 예방에 효과가 있다. 2~3시간 걸리는 경기의 지루함을 없애고 턱 운동도 되니 장점이 있는 모양이다.

해바라기 학명은 *Helianthus annuus*다. 속명 *Helianthus*는 '태양'과 '꽃'을 뜻하는 그리스어 helios와 anthos의 합성어로, 줄기 끝에 달리는 국화과 식물의 꽃인 두상화의 형태와 태양을 향해 피는 모습에서 기원했다. 종소명 *annuus*는 '한해살이'라는 의미다. 노랫말에는 '해바라기'로 나오며, 꽃말은 '숭배' '그리움' '기다림' '동경' '의지'다.

참고 문헌

- 국립수목원, 《국가표준식물목록》(개정판), 국립수목원, 2017, p. 1000.
- 국립수목원, 《한반도 자생식물 영어 이름 목록집》, 산림청 · 국립수목원, 2015, p. 760.
- 박수현, 《한국식물 도해도감 2 : 양치식물》, 국립수목원, 2008, p. 547.
- 안덕균, 《한국본초도감(원색)》, 교학사, 2003, p. 928.
- 유기억, 《꼬리에 꼬리를 무는 나무 이야기》, 지성사, 2018, p. 263.
- 윤평섭, 《한국 원예식물 도감》, 지식산업사, 2002.
- 이상희, 《꽃으로 보는 한국 문화 3》, 넥서스북스, 2004, p. 592.
- 충청남도산림환경연구소, 《이야기가 있는 꽃말을 찾아서》, 충청남도산림환경연구소, 2014, p. 309.
- 하태문, 《꽃말 꽃 전설 : 꽃에 얽힌 사연들》, 풍림출판사, 1987.

—— 식물학자 유기억 교수가 들려주는 ——

노랫말 속 꽃 이야기

펴낸날 2023년 8월 25일 초판 1쇄

지은이 유기억

만들어 펴낸이 정우진 강진영 김지영

꾸민이 Moon&Park(dacida@hanmail.net)

펴낸곳 (04091) 서울 마포구 토정로 222 한국출판콘텐츠센터 420호 도서출판 황소걸음

편집부 (02) 3272-8863

영업부 (02) 3272-8865

팩 스 (02) 717-7725

이메일 bullsbook@hanmail.net / bullsbook@naver.com

등 록 제22-243호(2000년 9월 18일)

ISBN 979-11-86821-89-3 (03810)

황소걸음
Slow&Steady